科幻文学馆
Science Fiction Museum

失语者

段子期 · 著

科幻立方
文库本

天津出版传媒集团
百花文艺出版社

图书在版编目（CIP）数据

失语者 / 段子期著. -- 天津 : 百花文艺出版社, 2023.5
ISBN 978-7-5306-8468-9

Ⅰ. ①失… Ⅱ. ①段… Ⅲ. ①长篇小说-中国-当代 Ⅳ. ①I247.5

中国国家版本馆 CIP 数据核字(2023)第 048000 号

失语者
SHIYUZHE
段子期　著

出 版 人：薛印胜
选题策划：成　全　　**责任编辑**：成　全
装帧设计：丁莘苡　　**营销专员**：王　琪
出版发行：百花文艺出版社
地址：天津市和平区西康路 35 号　**邮编**：300051
电话传真：+86-22-23332651（发行部）
+86-22-23332656（总编室）
+86-22-23332478（邮购部）
网址：http://www.baihuawenyi.com
印刷：天津鸿景印刷有限公司
开本：710 毫米×1000 毫米　1/32
字数：59 千字
印张：7
版次：2023 年 5 月第 1 版
印次：2023 年 5 月第 1 次印刷
定价：28.00元

如有印装质量问题，请与天津鸿景印刷有限公司联系调换
地址：天津市武清区梅厂镇财源路 1 号
电话：(022)29300192
邮编：301701

作者简介

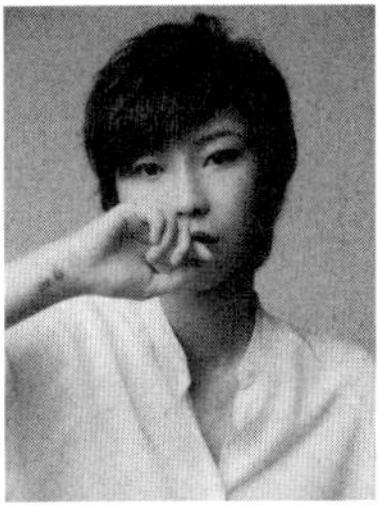

段子期

新锐科幻作家。曾供职影视行业，现为高校教师。剧本《故事之外》入选“2019 青年电影人培养计划”，小说散见《西部》《中国校园文学》《文艺报》等报刊，亦创作有诗歌、音乐等形式的作品。《加油站夜遇苏格拉底》发表于《科幻立方》2019 年第 5 期，获第十九届百花文学奖·科幻文学奖。

献给我的母亲

除非我们把语言减少到七个字，我们将永不会互相了解。

——纪伯伦《沙与沫》

目录

00

在我生日那天，全球三十多万人同时失去了语言能力。

这场盛大的阉割，没有任何征兆，犹如一场骤雨降临。在这一天失去语言的人，性别、肤色、种族完全随机，除了年龄都在21岁以内，其他没有任何规律。唯一能让人产生一丝联想的，就是不久前那场异常天象了，在亚欧大陆部分领土上空，不少人看见了带着彩虹般色彩的光束从空中垂直落下，持续时间只有几秒，有人以为自己出现了瞬间的幻觉，但有照片证明这圣光是真实降临的。不过后来，普遍说法是特殊气象产生后的大气折射。

可那之后，语言能力就从少数年轻人手中溜走，包括我。我们能听、能看、能思维和行动，只是不能说，仅此而已。至于，为什么发生在我生日那天，不过是无数巧合中最不起眼的一个罢了。

关于我们的失去，是退化还是进化，究竟是一份礼物，或是全然未知的阴谋，短时间内没有定论。而对于此事的猜测，各路媒体则将想象力变成铺天盖地的报道和分析，从基因缺陷到哈米吉多顿[1]的末日预言，应有尽有。

我们的失去，俨然成了他们的狂欢。

在无数好奇和质疑的声音中，我们始终保持

① 哈米吉多顿：西方文化中所述世界末日之时善恶对决的最终战场。

缄默。直到我们明白，失去语言，是一场人类跨越自身鸿沟的仪式的开始。后来，我们把这一天叫作"失语节"，而在其他人眼中，我们暂时成了异类，是神秘的"失语者"。

01

这是我人生中第二次对“不能说”感到恐惧。

我第一次开口说话是在五岁，在此之前，我被当成一个有先天缺陷的女孩，爸爸也这么认为。算命先生说，我以后会很好命，只是老天把这部分功能暂时遮蔽，迟早会还给我，妈妈笃信这一点，但他没有。他还想再要一个正常的弟弟，妈妈没同意。

爸爸离开那天，小雨，一件黑色风衣将他包裹住，我抱着他买的洋娃娃，静静看他的背影。他提起行李箱回过头，欲言又止。我望着他步入雨帘，那件黑色风衣像一块黑色石碑，堵在我的喉咙里，雨水倾盆而下，石碑仿佛慢慢融化。

三天后，又是一个雨天，我对妈妈说了第一句话——“妈妈，他走了。”她哭了，那是我第一次看到她哭。

为什么在最需要语言的时候，语言会失效？不能说和不敢说，都会让我承受失去的痛苦。于是，我的身体机能启动了一种“负反馈调节”，上高中前，我拼命学习好几门外语，还有古汉语和方言，我不断参加演讲比赛、辩论，到学习小组和各种人交流，我努力地说啊说啊，仿佛只有这样才能让自己感觉真实存在。

事情发生的前几个小时，我在家里听英语听力。那天是我 17 岁生日，妈妈答应我会早点回家陪我吃蛋糕，还说会给我一个大大的惊喜。午睡过后,我发觉喉咙一阵干涩,灌了一大瓶水才好些,就在我准备跟柠檬聊两句时才意识到,我的声带彻底失去了作用。

我失去了在我看来最宝贵的东西,而且是第二次。

我不停尝试,张开嘴对着空气大喊,没有一丁点声音,周围仿佛成了介质消失的真空。柠檬是只猫,当它看到我因惊慌而扭曲的表情时,翘起尾巴在我脚边盘旋,代替妈妈的安抚。她早早把家里的全息墙面调成了海滩的模拟成像,我呆呆望着远处翻滚的海浪,似乎有海风拂过面颊,惶恐无助的眼泪乘着那阵风飞到天上,随后便是一阵天旋地转。

妈妈在傍晚回到家,爸爸随后也到了。每当我赢得比赛妈妈都会拍照发给他,我可以无数次证明给他看,他当初的否定是多么错误。然而这一次，我还是输了。还有杨一川，同妈妈一起前来，我喜欢的男生。我以为是个秘密，看来妈妈早就读懂我有意无意提起他时脸上的笑容。

那一刻，我汗湿的头发贴在额头，嘴唇微微开合，努力挤出笑容，看着他，然后低头沉默。沉默了不知多久，他端着蛋糕站在我面前，期待我说点什么，然而什么也没有。他的表情慢慢凝固，疑惑、失望，说了句抱歉然后离开。爸爸妈妈的质问像是来自远方的回音，在我耳边萦绕、消散，最后被我们之间巨大的鸿沟吞噬。

我哭了整整一晚，不带一点儿声音。

妈妈比我坚强，像当初同意爸爸离开一样。

我停下了所有语言课程的学习，不敢去上学，更不敢独自离开家门。妈妈带我去多家医院检查，检查结果很一致，没有任何异常，声带没有受损,脑部神经及感官功能正常。

半个月后,全球各大城市陆续发现跟我一样突然得了“失语症”的患者,如果只是单个奇异事件,本不足以引起重视,如果出现几十万个相似案例,那绝对可以被定义为一场灾难。我不知该庆幸还是该绝望,但在妈妈看来,至少会有很多人一起帮我们找出问题所在。此后不久,联合国宣布,全球大约三十万人在那一天失去了语言功能。找不到规律和原因,暂时没有有效的治疗方案,更不确定是否是一场即将席卷全球的未知瘟疫。

爸爸来看我的次数多了起来,他的关心总喜欢用别的东西代替,比如保健品或智能读写机之类,他应该不后悔在那个雨天离开,算命先生从没算对过。

我曾经见证过“语言”给家庭带来的伤害。爸爸和妈妈像是两个频率不同的电台，各自发出带着加密信息的语言，穿过黑夜海面，最终变成两束互相错过的电磁波。埋怨、发泄、争吵，语言从一种沟通工具变成一把利剑。

每天都有记者在学校门口蹲点，想挖点小料。校方劝我休学，说我的身份会影响到其他学生，不少家长也联名请愿，怕失语症会传染给他们的孩子。我无法反驳。休学后，妈妈从忙碌的工作中抽身，陪我学习手语。词组结合成短语，短语拼凑出句子，她一贯的优雅和骄傲被这些复杂手势打乱了节奏。

你好。谢谢。对不起。再见。

她明知道我们之间不需要说这些的。我学得很快，但手语对我来说，是一种愈加迟钝的交流方式。我还在悄悄学习别的，她不知道。

不少医生术士递来奇怪的治疗方案，电击、

麻醉、催眠。她找过其他国家失语者的案例，加入患者家属交流群，时刻关注联合国发布的新闻，她考虑校长的建议，是否要把我送进残障学校。

我爱你。入睡前，我做了一个手势。

我也是，她说。

人类想要建造通往上天的巴别塔，于是，语言失效，信任崩塌。可我们并没有那样的野心，我花了不少时间接受自己的突然残缺，却无法接受这份礼物没有署名。不过，沉默也有很多好处，让我有更多机会跟自己对话，我开始听到更多、看到更多。可还没来得及跟妈妈分享这些新发现，那一天的到来，让我的少女时代提前结束了。

联合国发布声明后的两个月，一个阴雨绵绵的下午，几位执行官敲开门。他们说，各国先后成立“失语者研究管理中心”，各大城市为失语者建立了特殊学校，将集中对失语症样本展开研究和治疗，我们可以继续学习，且费用全免。在那里，我们会得到最大程度的尊重和保护，另外，跟同类人待在一起也有助于我们重建社交圈，恢复正常生活。

对很多普通家庭来说，这样的选择再合适不过。妈妈早就接到通知，只是没告诉我，她习惯逃避分离的痛苦。

白衣官员微微颔首："苏见雨，那天是你生日，我知道你很特别，虽然普通中学不再接受你，但你配得上更好的学校。"

我拿出提词板写下要说的话："这座城市还有多少失语者？"

"7个。"

"我们国家呢？"

"接近3000个。"

我点头接着望向妈妈，她懂我的眼神。我要去，我迫切地想要跟同类交流，因为我发现语言是一种阻隔和束缚，我想知道，他们是不是有跟我类似的见解。

很多时候，人与人之间的关系从一声问候开始，以一句告别结束，爸爸和妈妈就是这样。我想起在电影里看过无数次告白与告别，欢愉之后，伤感如期而至。再优美的语言，都填补不了生命中必然存在的空缺。

妈妈紧紧抱住我，她身上有一股超新星爆发之后残余星尘的味道，我大口呼吸，像是要把整个银河系吸入肺里。她对我说了好多话，我轻轻捏住她手心，将我要说的传递给了她。

天空中下起了雨，我跟在他们身后步入雨帘，嘴唇微微开合，像一条离开海洋独自上岸的鱼，即将度过第一个离群的夜。母亲站在门口，她哭了。我没有回头看也知道,我是从雨水中知道的。

我出生在一个雨天,跟今天不同,那天的雨伴着阳光。我问妈妈，为什么不给我取名叫苏见阳。她说,雨水有声音,在声音中你总能看见什么。

02

这所学校位于邻城郊区，之前是一家家庭式疗养院，各类设施都很齐全。在我之前，已有不少失语者住了下来。学校里没有安装过多智能设备，没有随处可见的信息窗口和模拟成像的墙面。在房间安顿好后，汪易洋校长来看我，他彬彬有礼，一副学术精英的模样，他简单介绍了自己和学校的情况，对我表示欢迎，随后给了我一份日程表。

上课、吃饭、检查、运动、治疗。接下来的生活就如此进行。

这里一共有36个失语者,跟我同龄的大约有20个,20岁以上有5个，剩下都是16岁以下的，最小的只有11岁。根据各自年龄和测试情况,我们被分到不同班级。这样的学校在城市里还有几所,每周都有神经生物学家、语言学家、心理学家等轮流来对我们进行观察和研究，神经官能测试、脑突触反应测试或是最简单的一问一答。

今天是脑神经科学家高维博士,她对我表现出极大兴趣,也了解我童年失语的症状。她喜欢自言自语:“迷走神经的运动纤维是从延髓的疑核发出,主要支配软腭、咽、喉,对于控制说话这一动作,疑核至关重要。观测结果显示,你的疑核最尾侧，发出纤维副神经的颅根离开脑干后,在颈静脉孔处与迷走神经的通路断开了连接。啊,这或许是失语的关键。”

至于为什么仅发生在青少年身上，其原因她也无从得知。她接着说："没想到，你们的脑神经突触数量在缓慢增加呢！这看似矛盾却又符合常理，就像盲人失去视觉后，听觉能力会大大增强一样。"

我努力配合，用手语对她说，谢谢。她说，应该的。她记录好数据，带着更多疑问离开，希望在下一位失语者身上获得启发。

从前学习语言的能力，我将其归为一种带着超强韧性的后天努力，成绩是可以用时间去换的。而在迷走神经关闭语言这扇门之后，我发现生物机能中某些闭合的部分自动打开一扇天窗。比如，我能从柠檬发出的单音中，分辨出它非常抽象的思维活动信息，不过这种能力只能维持很短的一瞬，且不稳定。又比如，汪校长的身体语言和皮肤下散发出的外激素，让我提前一两秒感知到他想要表达的内容。但这都是单方面的,我能读懂他们,他们却不能接收到我的信息。这种交流上的不对称让我感到孤独。

我还需要练习。

汪校长无意透露,每所学校的失语者案例数据都会统一收集,再共享至全球失语症研究中心,由国际顶尖专家组进行分析,得出下一阶段的研究治疗方案。他们暂时没得到更多有用的结论,因为现象背后的规律并不全是通过总结数据得来的。说到底,是我们的交流方式超过了他们的认知。

邓廷凯是我们班的男孩,比我大一岁,留着寸头,高高瘦瘦,笑起来有一对酒窝,他每次看到我,那对酒窝总是浮现在脸上。他坐我后桌,喜欢用手指在我背上画画。他在其他人面前十分腼腆，对我却很亲近，因为我能很快明白他的意思，然后也用画画来回应。

在那堂无聊的数学课上，老师在讲函数，黑板上的方程式令人昏昏欲睡。他在我后背画了几个符号，“好无聊，关键是什么进展都没有。”

“也不一定。”我回过头冲他眨了眨眼。

“什么意思？”

我盯着桌上的玻璃水杯，水平面散开一层细密的波纹，水分子的振动中藏着不少信息，“今晚，湖边见。”

“好。”

他们不知道我们如何用手指交流，更不知道交流的介质是什么。这是我在和阿凯熟识之后慢慢发现的，不过准确说，是离家时的那场雨，我第一次见到了雨中的声音。

晚饭过后，我们不能再单独见面。为了确保

安全，学校增加了一些监控单元，它们悬浮在空中，电子眼里的红外热能感应到生命活动的信息，它会随时飞到头顶，确保我们在它的照看之下。

那片湖位于学校外的一片树林旁，有条小路可以更快地到达那里。我不知道监控单元分布在何处，今晚得冒一点风险。但为了验证我的两个猜想，这是值得的。

我推开房门，蹑手蹑脚往外走，走廊上没有人，所有失语者都待在房间内，做当天的功课或是语言恢复练习。我踮起脚尖飞快跑出去，一路很顺利，等我到达湖边，一个监控单元尾随而来，在头上“嗡嗡”盘旋着。

随后，阿凯快速跑来，监控单元捕捉到红外热能更强的他，随即45度角转向，他立马脱掉外套，一个箭步跃入湖中。监控单元调整距离，跟随他下降。阿凯静止在水下,湖面上荡漾出一圈波纹,监控单元像一只悬停在水面的蜻蜓,转动电子眼的方向,寻找刚刚消失的目标。突然,阿凯伸出双手,抓住监控单元,一把将它拖入水下。几秒钟后,电子眼的红色光点消失了,发出一声渐弱的电子提示声。

他慢慢游上岸,起身走到我跟前,在月光照耀下,他洁白紧实的皮肤仿佛一块被工匠精心雕琢的璞玉,水滴顺着肌肤纹理往下流,体内的热气从毛孔间散发出来,带着强烈的荷尔蒙气息。除了脑神经突触,一些新的东西正在他体内生长。我把外套递给他,手指在空气中画了一个符号——“厉害”。

他抬起右手,头发和身上的水滴像一群听从军令的士兵,沿着同一方向流过皮肤的沟壑,接着全都汇聚在他手心,顺着指尖汩汩流入泥土里。他穿上外套，将帽子扣在头上，“我都不知道从什么时候开始的。”

我盯着恢复平静的湖面，月光洒在上面像一层银色的箔，我手指在上方轻轻拨动，好似有几根琴弦铺在湖水上，任我弹奏。

“你能用水说话。”我告诉他。

他蹲下来，看着水面上我们的倒影，伸出食指按动了两下，一圈细小的波纹在他指尖下晕开，“那你呢？”

“我也能。”

我的第一个猜想证实了，失去语言不是一种残缺，而是得到的开始，从那天的雨和今晚的湖水中，我完全明白了这一点。

理解和反馈，是沟通中两个重要因素，遇到同类之后，我才寻得了生物机能中的反馈通路。但是，这样的通路并不依靠我们自身，而是以自然作为媒介。我们将信息传递给自然，再由自然反馈给对方，这种沟通方式似乎更高级，因为它在感官层面拉近了我们与万物之间的距离。

“用水说话，这就是我们的新能力？可是，这一切是怎么发生的，他们好像还没找到原因。”

“原因可能要我们自己去找吧，而且，应该不只是能用水。”

“你是说，还有别的？”

水面上散开的波纹并未停止，水分子间不同的振动频率传递着不同波段的信息，经由我们的神经元将信息传递至皮肤的外激素，再由空气将这段加上密钥的信息以波的形式传回水分子中，反馈通路也同样如此。

我微微一惊，意识到这是化学分子级别的通讯方式，延髓疑核发出的运动纤维连接迷走神经与之相比，真算不了什么。

“我也是猜测，下次找机会跟其他班的失语者沟通吧。”

“嗯！我来负责联络。”

“好。”

“对了,我还想说的是……我喜欢你。”水面继续波动,一圈圈水纹开始扩大范围朝湖水边缘散去,波纹中心不断涌出鲜活的力量,似有一面震动渐强的鼓藏在下方,也藏在阿凯心里。他的手指起舞,像是在琴键上游走。

“嗯……好。”我脸颊微微泛红,第二个猜想也得到印证。

我们在水中的倒影被搅乱，他转而看向我，月光从湖面流窜到他眼里,他摘下帽子,在我嘴唇上印上一个浅浅的吻。水波荡漾开来,将今晚的信息波段传至远处。

接下来几周，是我离家后最快乐的时光，我想分享给妈妈，如果下雨，她收到的几率会大一些吧。

不管去哪里，阿凯都会随身带一个水杯，我们在走廊擦身而过，或是在花园里相视一笑，就算不用水说话，也能懂得对方在想什么。我甚至希望这段时光能长一点，再长一点，那些寻找真相的计划，可以随自己的节奏去完成。

阿凯很讨老师喜欢，经常主动跑腿，在各班级间递资料、收作业。他时常在教室门口张望，然后在水中发出信息，很多人回应。他很快整理出能用水说话的失语者名单，加上我俩，一共有 12 个人。阿凯让他们也随身带水杯，保持联络。

汪校长和负责安保的林老师发现那枚监控单元失踪后，将我们召集到广场，了解一些安全情况。趁此机会，我和阿凯同时用水联络其他失语者,他们立马接到了信息。

“大家好,你们都发现了自己的能力吗?”

“才发现不久”“是的!”“我以为只有我一个人”“他们知道了吗?”

…………

我们的交流悄无声息,十几根手指微微拨动水中琴弦,音波将语法中的位与格精密排布,然后通过一双无形之手播散开去。信息流被准确指引、沿着轨道前行,丝毫不会扰乱互相交错的复杂通路,它们在最短时间内行完各自的旅途,抵达指定的信息闸门。我们心中扬起一束骄傲的喷泉,随着音波的起起落落,汇聚成超越感官的语言之河。

此刻,广场中央正流动着一支优雅舒缓的乐章,我们是演奏者,也是听众。

汪校长看向大家,说:“同学们,大家在这里生活已有一段时间，希望你们能有家的感觉，中心对每所学校的安全非常重视，如果有什么情况，大家可以随时向我汇报。下一次家属探视之前，我们可能会跟大家交流中心研究的进展。”

我从汪校长的表情、身体语言和喉腔振动方式中察觉到，他有很多想说却迫于压力不能说的话。当然，这是一种近似于猜测的感知，我的能力还非常初级。

我将我的看法发送出去，我们似乎组成了一个用模拟点阵输入二进制语言的计算机方程组，在相同的时间内，比普通语言交流的效率要高出好几个数量级。在刚刚的沟通中，我们 12 个人已经对对方有了深入了解。刚大学毕业的计算机高才生于朔，性格温柔的邻家少女林深，曾被家暴的初中生黄维翰，酷爱极限运动的少年李轩……他们很兴奋，对此发表各自见解。汪校长眼中的我们依然沉默，然而，沉默的冰山下正潜伏着层层暗涌。

队伍解散前，我注意到脚下的泥土微微翻动，不由得一惊，那是一串信号。我闭上眼睛，努力感受尘埃泥土里藏着的信息。比起流动的水，固态物质的坚性也可以承载很多，但那完全是另一种频率，不像琴弦、不像波纹，而是类似于弯曲柔软的蠕虫，穿行于方形矩阵之间。

我想起了妈妈在花园精心呵护花草的样子，她给出爱与祝福的信号，跟具有韧持力量的土地一样，这信号让它们破土而出、自由生长。地里，也有语言，包含了无限生命信息的种子，若是找不到土地就无法生长。但现在，我只有一点儿微弱的感应。

我回头看 E 班的沈夏，他双手揣在裤兜里，发出讯号然后等待，不知是否有人回应他。人群散去,大家陆续回到教室,我躲过旁人的注意,在进入走廊前追上他,我用手语问:“你刚刚说了什么?”

沈夏有些吃惊，用手语回复:“刚刚说的是‘你好’,实际上,我发现我不是不能说话,而是用别的方式,比如和大地,好像很难解释。”

“我明白,我们也是。”

“啊,你们是用什么?”

有老师进入走廊,我来不及回答他,便转身离开。我现在确信一点,除了水,还有其他元素,我需要与更多失语者建立沟通。

这一天正好是周五，我在浴池里放满水,阿凯房间在楼上转角处,我们约好每周五晚交流各自的进展。他说他在数学老师的资料里有新发现,我说我也有。我感觉他的发现至关重要,也许能进一步佐证我的发现，我在水里输入,“你先说”。

不一会儿,浴池水面上泛起阵阵波纹。

两天前,阿凯去给数学老师送作业,办公室没人,门虚掩着,他进去将作业放在桌上,趁此机会仔细观察桌上的晶屏文件,但每份都要指纹解锁才能打开。准备离开时,他注意到文件旁的一副视域眼镜,镜片上正反复播放一段由桌面微型投影仪上传的影像。他戴上眼镜,看到一段视频。

那是国外的一所学校,一位白人失语者坐在实验室里，房间中央有一个电磁圈模样的装置，每隔几秒喷出几束微弱的蓝色火焰。他看上去有些疲惫,一位科学家出现在门口,对他说着什么。火焰渐渐变红,燃烧的范围变大,他一挥手,火焰腾空而起,像是听到指令,朝对面方向跃去,幸好有玻璃门阻隔，否则那个科学家已经燃烧了起来。视频到这里戛然而止。

这是不同能力的失语者，而且，失语者的天赋很快将不是秘密。水面微微荡漾，我能感受到他的紧张情绪。

“他能用火说话”，我说，“那我们之中应该也有类似的。”

“那只有相同能力的失语者才能互相沟通？”

“我猜是这样。”

“我们，是不是得做点什么了？”

“让我想想吧，晚安，阿凯。”

换做以前我会害怕，而现在，随着迷走神经通路的关闭，我开始学着用其他方式化解。我深深呼吸，将出息和入息保持在稳定的频率，然后调整肾上腺素和血清素分泌的剂量，来控制神经递质对于生物功能的调节作用。不久前我发现，我有这样的能力了。

此刻，我能感觉到那片湖水，在月光照耀下，平静如昨，就像我心的镜面。理性暂时退到感性背后，湖水告诉我，想要一个答案，或许能从以往人生中找到一些吉光片羽。

一些童年画面浮现在我的镜面上。那是一个阳光和煦的下午，我躺在草地上，青草刚被修剪过，植物细胞壁破碎后，草叶的横截面散发出青草汁液的清香。我痛快地呼吸，两片肺叶幸福得颤抖起来。土地托着我的身体，有一些小生命发现了它们地盘上的庞然大物，于是想要翻越上来，看看我到底是何方神圣。它们进入我的袖管，爬上我的皮肤，时不时呷咬一口，测试我是不是会恼怒。我感觉痒痒的，忍不住咯咯笑了起来，它们从我身上滑下来，四仰八叉地翻滚在泥土里，然后努力调整触角和肢节的姿势，重新站起来继续往前行进。

可怜可爱的小生命啊，我多想听懂你的语言。

妈妈提着野餐篮从不远处走来,篮子里有我爱吃的草莓和面包。只有在想起妈妈时,我才觉得自己依然是个孩子。

月光透过窗子照进房间，我将手掌贴在墙壁,感受着坚硬物质中的分子运动,它们就像小虫一样在土地里翻动穿行、钻进缝隙,顺着光的指引找到出口,然后慢慢探出头。

“你好。”那是沈夏留下的回音。

我睁开眼睛,顿觉心的镜面上有一小块污垢被轻轻擦除了。

那天过后,我们12个人之间保持着联系。视频里的事，阿凯打算找合适的时机告诉大家,他认为我们之间应该没有秘密。午后,我常独自去到花园休息，准确说是练习，练习跟沈夏一样的能力，我踩在泥土上，来回转圈，试着发出一个最简短的讯号。阿凯默默路过，掏出一颗糖果放在花台边，然后跑开。我看着他的背影，心里有种说不出来的踏实。

在探视日前不久，汪校长让我们在一间大教室集合，他支开所有安保，关掉监控，端坐在我们中间。他的语气缓慢，目光扫过我们："关于失语者的研究进展，有些话我不能直接说，这不是我们一个国家的事，国际管理中心考虑得非常多。我只是想让你们知道，你们不是病人，而是一帮有特殊天赋的孩子，下次家长探视，你们可以如实……嗯，希望他们明白，不管怎样，我们会尽力保护好大家。"

我明白校长的意思，他知道了我们拥有的能力，却不知道这能力的边界，外面人对我们的态度并不一样，只是暂时没想好如何和我们相处。

两天后，一支国际专家团队突然造访学校，对我们进行一系列烦琐的健康检查，还带来不同类的仪器和营养药。官方解释是，专家们正在建立失语者数据库，需要更详尽的反馈样本。专家们在和校长的沟通中，占据话语权的主导，他们背后还有力量，那力量就潜藏在言语间对定语的滥用中，我想，这些分歧也许会影响我们的命运。

新的检查逃避不了，我们商量的结果是尽量配合，也了解研究进展。五楼的所有房间是科学家的临时工作室，我们按次序排队进入。“别紧张，应该只是例行公事”，阿凯对我们说。实际上，我却有种不好的预感。

就在几天前，我已经能和沈夏进行简单交流了，还有跟他一样的 15 人。我告诉了他们关于水的情况，他既诧异又兴奋。他刚刚把手贴在墙壁上,“不如,一会儿逗他们玩玩儿,怎么样?”

“不行,这样很危险。”

“那些外国佬不会发现的。”

“你可能会害了大家。”

沈夏刚满19岁,没上过大学,高中毕业后跟爸爸经营一家餐馆。他很聪明善谈,很多客人会因为他而经常光顾。但他觉得自己不属于那里,安分的爸爸配不上做他的爸爸,他想离开,去做点什么,去流浪去冒险,怎样都好,只要不窝在这家庸俗无趣的餐馆。失语节那天,他躲在房间瑟瑟发抖,他知道,自己哪儿也去不了了。

沈夏看着我进入房间,“好吧”,他说。

高维博士和一位国外专家在等我,她带来新的测量仪,先进行第一轮检查,在我头上贴满贴片后,让我张开嘴,用一个遥控器模样的设备扫描我的喉腔。

"啊——"她发出声音,试着引领我。

"ā——"我努力配合,但她可能听不到。

鬈发医生在一旁观察着。高维博士抻长脖子,瘦削的脸庞架不住眼镜,仪器开始录入数据。她盯着屏幕喃喃自语:"你们真的很不一样,我花了很长时间研究数据,只要素材够多,就一定能找到规律。不过,我感觉从前的方向是错误的。想通过事物的表面发现本质,不那么容易,为什么不好好沟通呢,这是比科学研究更有效率的方法吧。"

显然,那个白人男孩的实验数据也被共享至管理中心,解开失语症之谜的关键也许就在于我们身上的相似性。我安静地看着她,不知为何,她在我眼中像一个不经世事的小孩,正为一道解不出的难题而发愁。

"啊,你比之前更聪明了,跟其他人不一样。"

屏幕上显示着我的大脑数据，脑突触数量在增加，不仅如此，还有些别的，比如，别的神经通路正在打开，她的声音有些颤抖，“准确地说，不是变聪明，而是在……”

我将食指放在她嘴上，做了一个“嘘”的手势。我知道，她刚刚没说完的是——“进化。”

那位鬈发医生看见屏幕也兴奋起来，但他眼中只有数据。高维仰起脸看着我，眼中的疑虑和焦灼渐渐消散，一种夹杂着崇敬的战栗在掠夺她的身躯，她发现眼前的我正在洞悉着关于她的一切，缄默地，缓慢地。

她是个孤独的人。在她工作的脑科学研究所，男性科学家主导着一切，她的想法和成绩常常被忽略，她明明那么独特却在旁人看来无足轻重，很少有人会花时间聆听她的喃喃自语，尽管这些细碎语言中可能藏着某些重大发现。她越是孤独,就越容易被一些柔和的力量所感染。

直觉告诉我高维值得信任，并且能帮到我们。我刚刚调节体内的外分泌腺,从皮肤里释放出外激素,它的分子很小,传递至她位于鼻中隔三分之一处的犁鼻器,并经由她的神经将电位讯号直接输入给负责情绪、情感、内分泌的下丘脑。

同样的方式,我对那位卷发医生释放了信息不同的外激素,他很快昏昏欲睡。我转向高维,收敛气息、平缓心跳,然后做了一个喝水的动作。她领会,站起身、动作轻缓地摘掉了贴在我头上的贴片,为我递来一杯水,双手有些颤抖。她的行为反应表明,我悄无声息的沟通,或者说召唤,是成功的。

“你愿意帮我们吗？”我打手语。

“怎么帮？”她喉间像是凝结着一团浓雾。

“删掉它。”我指了指那台仪器。

犹豫片刻,高维点点头。

“在哪里可以看到中心的数据呢？”

高维从包里拿出一个可折叠透明晶屏,展开后有一本书大小,她手指在上面快速点击,进入失语者管理中心的界面,密码、指纹、声波输入后,全球失语者的数据资料库出现在屏幕上。

她递给我,“这只是一部分,最核心的机密数据需要更高权限才能查看。”

我以最快速度浏览，可以达到每秒几千字节,看的同时,这些图像、文字、符号进入视网膜,大脑皮质中的神经元将其转换成电讯号,传递至侧脑室底部绕脉络膜裂的内褶区中永久保存。不知从何开始,我学会了过目不忘的技能。正在进行的传输不需要任何接口,我成了一台自动储存的电脑,三十多万失语者的档案,在短时间内从那台晶屏里涌入我的海马回。

我的同类，你们之中有黑皮肤、白皮肤的，蓝眼睛或金头发的，喜欢甜食和大海的，喜爱欢笑或易忧伤的，渴望未来或留恋过去的……一张张脸庞的后面，是你们千差万别的人生，尽管各自轨迹在之前永远不会产生交集，但自从失语节的到来，你们的命运开始朝着同一方向前进。

霎时，几十万张生动如斯的脸，在我心里共同组成了一幅浩瀚云图，在一刻不停的迁流变幻中，我看到了自己。

如果此刻，有一场滂沱大雨，每个雨滴都是完全不同的，每一滴都携带着巨大的希望和能量，每一滴都散发着难以置信的生命气息，那是年轻的血液流淌在混沌的宇宙中，即将冲破一层层桎梏直达终极。倘若，我们能不假思索、毫无希求地看待这幅云图，那何其美妙！

我的同类，我知道你们是谁了。不，应该是我们。

我能感觉孤独和恐惧这种刻在骨子里的东西正悄然溜走,“我们”的存在,让我期待在世间找到故乡,而不是别处。

我流下眼泪,像妈妈目送我离开那天一样。

“苏见雨,你,别哭啊……”我的眼泪让高维措手不及,她有些笨拙,呆呆地站在我面前,双手在空中舞动,不知如何是好。

我张开双臂,向她索要一个拥抱。她躬下身子轻轻抱着我,身上的味道像一场刚刚抵达地球的流星雨。在她的注视下,我将眼泪移动到手心,改变水分子的排布结构,把液态的水凝固成一个正方体的小冰块,递给她。

“这是你的?你,会用水?”

我不害怕在她面前展示能力,我刚读过她的

神经通路，某种意义上她已经和我们站在了一起。高维小心翼翼接过冰块，像是捧着一枚刚剥壳的鲜嫩荔枝，眼神中萦回着难以言表的激动和敬畏。

就在此时，整栋楼传来一阵强度不大的震动，桌上器皿里的液体荡漾出一圈波纹。

“地震？”高维把我护在身后。

是沈夏。“你弄疼我了！”他很生气。看来隔壁房间的检查并不顺利，沈夏在用他的方式表达抗拒。

“出去看看吧，我跟在你后面。”我对高维打手语。

震感持续了几秒钟，短暂慌乱后，大家拥上走廊，盯着沈夏的房间，里面传来断断续续的声音。鬈发医生醒来，注意到外面的动静。有人推开门,里面诡异的一幕如同暗室底片见了光。

房间里的一面墙整个破裂开来,从平滑的表面上凸出一块,露出棕灰色的砂石墙土,令人震惊的是,一位金发碧眼的专家半个身体竟被嵌入其中,呈现出一个张开手臂的飞翔姿势。这一幕远远看去像是一幅用肉体做成的三维画,又像是被钉在墙土中的耶稣雕像,他成了这面墙的一部分。但他扭曲的表情宣告这是一件失败的艺术作品,他的脸被墙土挤压着,说不出话来,喉间发出“嗤嗤”的呼吸声。仔细看来,他更接近一位技法拙劣的穿墙术士,表演时被卡在了中途,抑或是土地里的种子,在完全钻出地面之前,承受着肝胆俱裂的痛苦。

而此时,沈夏蜷在角落瑟瑟发抖,跟失语节那天一样。

“是你做的?”我躲在高维身后,对沈夏发出信号。

沈夏缓缓抬起头，“我控制不住，对不起”，他接着起身，飞快冲出房间。那位专家的轻蔑、无礼，激活了藏在沈夏身体里的反叛基因，于是，他把它压成一颗种子，塞进泥土里。

我跑回房间窗台，看着下面仓皇而逃的他，监控单元尾随他而去，后面紧跟着保安官。我不知道他会逃向哪里，或许他能找到一个栖身之处。

监控单元全部飞进来，房间里诡谲的一幕被记录上传。走廊很乱，汪校长让我们回到各自教室，老师们急忙帮那位博士从墙中脱身。专家团中一位魁梧的中年男人站在中央，用英语朗声道：“所有人都停下来！这是一次意外伤害事件，需要展开全面调查，接下来，失语者管理中心总部将接管这所学校……”一片混乱中，汪校长极力反对，但僵持后的结果并无不同，关于管理中心，背后势力成分冗杂，我们的身份归属现在还未得到清晰的定义。

高维拉着我退回实验房间，我最后看见阿凯被推走的背影。她迅速腾出装仪器的箱子，里面足以钻进一个成年女性，“我悄悄带你走，别害怕”，她指了指箱子，“快，来不及了。”

“不，我要留下来，我要见妈妈。”我用力比手语。

“探视会取消的，我可以带你回家。这次过后，不知道校方会被谁接管。留在这里不安全，跟我走吧，你会知道更多。”高维蹲下来，抱着我的肩膀，一字一顿地说，“相信我。”

房间外的声音越发嘈杂，我没法思考，但也许她是对的。我钻了进去，额头贴近膝盖，双手环抱住双腿，蜷缩成婴儿的模样。她拖着沉重的箱子,穿过人群和走廊,进入电梯,抵达停车场。没人注意到她,她只是匆忙的外编科学家。

汽车启动,她通过几道关卡,顺利离开。车子越开越快,在如子宫一样的黑暗空间里,我平复急促的呼吸,减少心脏对氧气的需求量。我想起在妈妈肚子里度过的湿漉漉的时光，没有空气、没有光亮,凭借着浑浊的羊水,同时感受她和我两人的生命律动。车子在湖边停下来,高维打开箱子,刺眼的亮光驱走黑暗,氧气重回大脑。那片湖就在不远处,我伸出手拨动水中琴弦,在湖水里给阿凯留下信息:“等我回来”。

还有沈夏，对岸的泥土里有一串慌乱的脚印,后面的人追不上他,泥土在他手中能变成路障或武器,追击者的脚步磕磕绊绊,连监控单元也同样被泥土俘获。他会暂时安全,我也给他留下信息:“安全后想办法会合”。

03

车子往城市里开，不知过了多久，我看到窗外的建筑排成矩阵，霓虹灯点缀其中，半空中浮起一层淡蓝色雾霭。再次回到城市，我感觉自己像孤立世外的旁观者，看来来往往的人形影匆忙，他们关心道琼斯指数、关心各类物品价码，胜过关心自己的快乐。

我突然有了一个想法，我想送给他们一件礼物，但制作这件礼物需要很多时间，不是现在。

高维家很温馨，她独居了很久，准备把儿童

房打扫出来让我住。房间里的一切让她回想起往事，随着灰尘被清理，她又立马从中抽离。她失去过一个孩子，之后又失去了丈夫，两种失去的意义截然不同，但共同塑造了现在的她。

高维摊开所有资料，惊喜地对我说："你们之间是有连接的。"

夜深了，我的睡眠时间之前就开始减少，我分析对比那些数据，试图建立意义坐标系，从中寻找规律。

我发现部分失语者的编号旁附上了一种图形标志，标志有三类，白人男孩、沈夏，还有跟我和阿凯一类的，从形状上对应着火、地、水。现在，我们都不确定一点，是每个失语者都具有不同能力，还是个别人的异化现象。如果是前者，那我们则会被当作另一种族群。

失语者的地理分布也很有特点，从北纬 35

度为中心向上下纬度的地区扩散，数量由多至少，将位置标成红点，在地图上的分布像是一个横向的梭子形。年龄坐标上，所有失语者都是青少年，这是脑神经细胞生长速度最快、最活跃的年龄段。另外，我们脑突触数量增加的速率各不相同，从身体数据看，似乎是跟基因自主调节的强度有关。所以，这一切并不是完全随机。

可沈夏事件一旦曝光，中心会对其余失语者有所防备，我和他失踪的事也令人头疼，他们会调遣力量寻找我们。同时，为了找出我们能力的机制和来源，专家团会暗中展开实验，学校对我们的保护就会变得非常微妙。我能读懂汪校长，却读不懂外面的陌生人。

我想象阿凯被实验的场景，面前放着各类装置，用于测验他拥有哪种能力。他收到了“等我回来”的信息，无论如何，他相信我的承诺。愧疚和担忧在后半夜侵蚀我的意识，我感到害怕，不是恐惧，只是害怕，害怕分裂和痛苦降临在任何人身上，像一颗定时炸弹。

直到黎明来临。跃出地平线的光亮提醒我，多余的情绪无济于事，必须专注思考，我还需要跟更多失语者建立沟通。我们之中，肯定有人有同样想法，我想，如果我们彼此连接，形成变数阵列中的行数、列数、中心点的矩阵命令，就能将所有人像连线一样连起来。

为此，我还必须具备第三种能力，用火说话。

高维悄悄领我回过家。我把妈妈的眼泪也变成了冰晶，她知道，见雨的名字充满意义。第二天，她收到探视取消的通知，还被告知我失踪了。商量后，妈妈向校方暂告我的安全，并提交退学申请。我提出接下来跟高维离开，有许多研究要做，而且我需要科学家的支持。妈妈抹掉眼泪，我手捧她的脸，为她驱散心中的担忧，她转而笑了，眼睛弯成月亮。她说，宝贝，我为你感到骄傲。谜题很快会揭开，我对她打手语。

我打算将妈妈和我的个人信息在网上抹掉。计算机技术是于朔教我的，准确地说是分享，我们可以分享彼此的技能，通过共同依赖的介质——水。

某种意义上，我们建立了自己的云端。

就算我在短时间内学会基础知识，但要完成这事并不简单。我花了快三天时间，在公共网络上删掉所有痕迹，接着在加密网络里，将经过加密函数转换的信息还原成明文，闯入好几个链路系统关口后再全部清理。

我和高维在研究一个脑电波增强装置，有了它，我可以更好地实现一些想法，不过还需要一些时间。

趁这时，我开始学习火语。我连续三个小时盯着一团燃烧的火焰，近乎一种冥想状态。这团火还残留着宇宙大爆炸后的余温，在无边黑暗里承袭着恒星的使命。我伸出手靠近它，中枢性温度敏感神经元对热刺激产生一个大的激越脉冲，那温度顺着皮肤层传遍全身。火中也有语言，与水代表着物质的湿性不同，比起水的摄聚，火的温性则可以让物质产生相状的变化。它能融合、吞噬、照射和席卷万物，是一切开始的开始，是所有结束的结束，生命在其中咆哮着诞生，同时也接近毁灭。

火如果能谱成音乐，那这音乐没有起始和终点，像是一幅可视的图像，宏大壮美、没有边际，它试着教会我们打破感官的束缚，去尽情拥抱和燃烧。这首音乐需要混淆自己的感官，用眼睛去听，用耳朵去看，好比坐在海岸边，感知潮汐起落的同时，也能感知到天上星体的运行轨迹。

此刻的我，收回萦绕在火焰旁的手指，仿佛一天之中欣赏过几十次日落那般，满怀感伤，又充满无限希望。

“城市哪里有火？最好是大火。”我问高维，她还在试验台上捣鼓着一个头盔模样的装置，眼镜滑到鼻梁。

“火？你要做什么？”她抬起头。

“练习，最好是超过800度高温的火。”

她想起了什么，欲言又止。

我知道她说的是哪儿了，“带我去吧。”

在夜晚的城市中穿行，五彩霓虹将街道渲染成用色过度的油画，无处不在的全息广告不断攫取路人的注意。雾湿的道路狭窄且蜿蜒，在路上偶尔能看到行色匆匆的疲惫面孔，或千篇一律的目光，我打开车窗和目光的主人对视，这些目光又很快看向别处。

高维驾车驶入主干道，前方突然亮起一团光圈，仿佛彩色水母摇曳在黑暗中，我们很快被那光拦了下来。我蜷缩在后排，宽大的衣服和鸭舌帽让我看上去像个瘦弱男孩。

检查人员站在车前，黑色制服上晕开一圈圈彩色光纹，那是由特氟纶及光纤合成的新型材料制成的衣服。必要时，里面的光感颗粒能将衣服调制成跟周围景物相似的光波频段，这样他们就如变色龙般成了半隐形状态。

“科学家，现在为失语者管理中心服务？”他查看她的证件，“失语者，嗯……”他俯下身子，目光在车内扫荡。

高维看了看后视镜中的我，双手紧握方向盘。

“这么晚了,你们要去哪儿? ”他眉毛上挑,掏出一块晶屏翻看着。

“去同事家取一台实验仪器。”

“你同事住哪儿?给他打个电话。”他没看她,手指在屏幕上来回滑动。

“他……”

他转而看向我，敲了敲后座车窗玻璃:“你,叫什么名字? ”

“他是我亲戚家的孩子,叫高……”高维的尾音中带着颤音。

“让他自己说。”他目光落在我身上,衣服上晕开炫目的光晕。

地上很湿,空气中的雾气很快会凝结,车窗上的水滴总能循着最短的路到达终点,而人总是相反。我可以用水做点什么,但是,我不想再制造一些新闻。或者我应该阅读他的脑回路,发出一点电讯号，让他忽略两个在夜晚出现的普通人。这样做失败的几率会很大，不是所有人都像高维一样保持着意识通路的干净与纯粹，又或许因为我的能力还不够强大。

此时，汽车引擎的低鸣声打破沉默，一辆汽车从后方道路疾驶而来。我刚打开窗户，检察人员的注意力便被车子吸引，做出停止手势。那辆车突然急刹，整齐停靠在我们一侧。车上是一个青年男子，戴着眼镜，身穿一件棉麻质地的灰色衬衫，手指轻轻触在方向盘上。

检察人员没注意到的是，车窗上所有水滴瞬间停止流动，仿佛被某种力量统一指挥，几秒钟后朝着同一个方向慢慢回转、盘旋，随后在玻璃上蜿蜒成一个微型旋涡。奇妙的是，这旋涡竟完全符合斐波那契数列规律，有着数学上的极致美感。

那人无视检察人员的催促和盘查，转过头看向我，眼神清澈而深邃，令这一路的霓虹灯都黯然失色。我兀地一愣，水告诉我，他是同类。可他是谁，怎么会出现在这里？

“我帮你引开他，一会儿见。”他在水里说。

他扶起眼镜，指了指检察人员晶屏上的图像，做了一个看不清的手势，冲破路障加速离开。检察人员意识到权威被挑衅，他扭曲着脸，驾驶机车尾随而去，制服上的光晕汇聚成一个感叹号的警示标志，在黑夜中画出一条彩色光带。

“他是谁？”高维的身体紧绷着。

“会再遇见的，我们走吧。”

从车窗上那朵莲花水纹来看，他的能力在我之上，我不用担心他会遇到危险，他一定能处理好。

每座城市都有一处寂静之地，不全是寂静，也有哭声，或撕心裂肺，或心痛隐忍，为死亡或别的什么。还有些不一样的声音，这声音不在人类能听见的波段之内，似乎能连接不同维度之间的世界。

这里有火，有大火。

它们在一间宽大的室腔中熊熊燃烧，紧紧包裹着那些生命力全无的生命，犹如一个干涸的苹果核。张狂的火焰张开血盆大口，将其残存的能量全部掠夺，通过全然毁灭的方式。

外面的人只能通过一个小窗口，远远看到里面的一片红光，像是在恒星表面翻滚跳动的日珥。最后，那能量被转换成另一种存在形式，不能被看到，也许能被听到。就像传说中，不死鸟也是在火中重生。

几小时后，室腔内会留下一片灰白余烬，它

被当作这个生命在世界上最后的纪念，存在过的证明。此刻，我站在小窗口前方，遥望这神圣之火。只有足够高温的火焰，才能承载指数级别的信息。

我体内的水分开始顺着一股温度流窜，然后从泪腺中慢慢淌出来，不是泪水，不是悲伤，是两种介质的相斥与相生。它还在燃烧，随着最后一丝烈焰的消弭，我心里迸发出一阵无声的哀鸣。无关任何感情，那哀鸣来自不死鸟，来自宇宙的缝隙，来自那个瘪下来又重新盛开的苹果核。

火，将我和两个世界连通，我很快便悟到什么。火语，第三种能力。离开前，我朝那团余烬鞠了一躬，当作问候或告别。月亮高悬在漆黑的幕布上，那个青年男子的车挡在出口。

“他来了。”高维很警惕，把我拉到身后。

“没事，他是失语者。”我轻轻放下她的手，走向那辆车。

沟通，悄无声息。

他叫陈以然，刚考上国外硕士，失语节之后，他爷爷没有将此视为一种疾病，并且不顾他父母反对，不带他去任何医院。他放弃了学习机会，在人群中隐匿起来。他很快发现自己的能力，在这个世界做一个旁观者的好处就是，成长速度会高于常人。

练习的同时，他还在寻找其他失语者。他爷爷为此建立了一个基地，让他们暂时生活在那里，比起城市，基地会安全很多。

他像是在水中编织诗句："我们就像无主之舟从未停泊，剩下的故事，等上路后再讲吧。"

高维开车跟在他后面，她完全信任我信任的人。夜色围笼，车窗上的水滴在变化着不同的形状。

“你是怎么找到我的？”

“你来到城市后，在沿路的水里留下了很多信息，对吧？”

“但是，我们接收水中信息的距离是有限的啊。”

“你有试试借助别的方法来跖宽这个物理距离吗？”

“什么方法？”

“发现自己。”

我起初不明白他的意思，是因为我对失语者了解太少，包括我自己。尽管我看过失语者档案，建立过解密用的坐标系，解开了三种能力，但还是浮于表面。也许是我抱着巨大的目的性，在“发现”这件事上过于仓促。

所以，更深层次的发现来自哪里？在这个世界上，我们应该怎样表达自己？进化会有终点吗？

还有,礼物来自何方?

“别急,”陈以然说,“为什么不试着听听雨声?”

车窗外飘起小雨，这是我第一次忽略下雨。我细细聆听，那细密的雨声像一首安眠曲的伴奏,填补了所有沉默,赐予我这一刻的安稳。我伸出手,雨滴嵌入掌纹的缝隙中,那缝隙像山谷间的凹槽,催促着雨滴汇聚成河流。这场雨,就像我这颗顽皮的水滴,从云中滴落,为了亲吻大地,甘愿在泥土中打滚,然后顺着河流,不知要流向何方,反正迟早会回到大海里去。

两辆车在雨夜中疾驰,前方仿佛有一座灯塔指引。

我沉沉睡去,大脑很长一段时间处于高速运转状态,只要短暂的深度睡眠便能恢复。在若有似无的梦里,我又见到了妈妈。她赤脚站在海边,身穿白色长裙，手中提着一个野餐篮，里面有我喜欢的草莓和面包。她回过头笑着望向我，头发被海风吹得凌乱。汹涌的潮汐毫不疲厌地吻上沙滩，海浪声太大，盖过了她呼唤我的声音。

有水我就能听懂。见雨，别害怕，天快亮了。

04

到达基地时已接近黎明，雨停了，晨曦初现。与其说是基地，不如说是一处坐落在山下的村落，比起原始乡村，这儿有着一丝庙宇般的古典气息。建筑是中式风格的院子，围成四方，其他几处院落零散分布在周围。不可思议的群山将它们包围着，往上看，这儿就像巨型天坑下的一块低洼。

陈以然说，一共有8位失语者。

简单参观后，陈以然为我收拾好房间。道别

之前，高维嘱托陈以然一定要保护好我，她会尽快完成脑电波增强装置的开发，然后再过来同我们一起商量接下来的计划。陈以然温柔应承着。

她给了我一只通讯手环，方便随时联系，上车前一步三回头，她的絮絮叨叨还留着些回音在耳边，我踮起脚尖跟她挥手。在清晨告别同样令人不快，不过，我知道这种事以后还会遇见很多次。

我用最快速度驱走心中的伤感，关于失语者，陈以然显然比我更了解我们。

“带我去见他们吧。”

我们沿着一条从山上流下的小溪往上攀登，阳光从树林间的缝隙洒下来，稀稀疏疏照在地上。丁达尔效应给人一种安全感，让我学习光线的姿势，蜷缩在自己的叶片上，不用顾及周围正在发生什么。

陈以然在前面带路，旁边的溪水缓缓流动，水滴溅在泥土里，像音符一样被安排，他手指纤长，在水中发出信息、接收、反馈的速度比我快很多。

“失语者的能力来自于自然”，他说，“失去了与自然的连接，人会变得脆弱。”

他发现自己能用水说话的那天，是在失语节不久后。他刚学会隐匿在人群，接受彻底安静下来的自己。他不怀念熙熙攘攘的城市街头，只是为了观察，观察自己和他们之间的差别，这是一门功课。

那时声音很多，城市嘈杂得像一个喋喋不休的商贩，他认真听，每一个细小的声音都逃不过他饥饿的耳膜。一辆车驶过，天空中的鸟抖落下尘埃，落在水里，水花被车轮溅出，飞到他身上。周围的一切仿佛被按下暂停键，那些水顺着他的皮肤纹理往下流，前额皮层将水花的信息俘获，带电神经元运转起来，将这含义输送至下丘脑，他如平镜般的内心瞬间晕开一圈波纹。

用同一种介质沟通，不管是传递信息的效率,还是表达的准确性,都胜出语言很多,这是他找到同伴后发现的。

“还有别的。”

“对,还有共享知识”,陈以然抢过话。

他从同伴身上学会了搏击、写诗、催眠术……他也将物理学知识分享给他们。如果每个人都作为一个坐标点,将共享来的知识,再共享给其他人,然后每个人再继续这样共享,用数学方程来演算,不超过七次,我们就能获得所有同类失语者的知识。

我有些兴奋,溪水变得欢快起来,可有个问题,我们如何突破物理空间的局限而完成彼此的共享？他回答说，这个工程很浩大，必须借助其他力量的协助，比如一台能模拟神经元活动的纳米级计算机。我翻动水波，表示同意。

尽管如此，拥有不同能力的失语者之间却很难沟通，是物质的不同属性决定了这一点。

“你很特别”，他继续说，他一直在寻找跟自己一样的失语者。

“能使用三种能力的？”

“不，不只是。”

他没有再多说什么，溪水中的音乐停止了。我们接受更远处高地的邀请，他的脚步很轻快，仿佛地心引力在他身上只起了三分之二的作用。在半山腰我已经气喘吁吁了，我意识到必须要补充营养、锻炼体力，否则，大脑运转所需要的能量会夺走身体其他部位的消耗。

如果是阿凯，他会抓住我的手，拉着我前行，他不会走得太快，会竖起耳朵听我的呼吸。陈以然更像一个冷静到极点的人，不会将心思放在无关紧要的细节上。我努力跟上他的脚步，没多久，一处水量不大的瀑布映入眼帘。视野变得宽阔起来，绿色的树林和植被让眼睛得到久违的歇息。瀑布下方有两个十五六岁的男孩，他们站在水帘内，双手缓缓抬起，动作看上去像是在练习太极。

“那两个水语者，是双胞胎”，他说。

“水语者？原来这才是我们的名字，那么，还有地语者和火语者！”

我向下跑去，瀑布溅起的水滴沾湿衣服，我摘下帽子，任由聚集在头顶的热量一股脑散开。水声越来越大，我来不及捕捉水里流淌着的巨大信息量，只顾向那声音的中心，以一种朝圣的姿态接近。眼前的双胞胎并未因我的闯入而停下，我站在一旁，看着他们各自向前伸出手掌，微微摆动，悬浮在手掌前方的是一个圆面水环，整个水面摆脱了地心引力与地面垂直，向中心呈螺旋状缓缓流动。

我欣喜若狂，“这是怎么做到的？”

他俩停下手中的动作，水环便失去作用力，瞬间洒落在地。他们转身看到我，露出清澈的微笑。“韩严和韩跃”，陈以然跟上来，为我们介绍，“这位是苏见雨，新来的水语者。”

“事实上，水语者能用水做很多事。”接着，陈以然左手背在身后，深吸一口气，伸出右手，手指对着水帘滑动，指尖的轻盈犹如少女在拨动黄金竖琴的琴弦。此时，水帘中间开始出现一个向右旋转的螺纹，那螺纹越转越快，逐渐与周围的水面隔离开，离心力和向心力相互抵消，像是有一个束缚力场将其固定在水帘中心。他把这叫作水盾。

我惊呆了,在水盾里,他说了很多话。

“我们能控制水,是因为我们本身也是水,是地,也是火。”

在见到其他两位地语者和三位火语者时,他们在用各自的方式与地、与火做着连接。是我从未想到过的方式,跟我初次见到那片湖水、那面墙以及腔室内的火都不一样。

水语者的智慧优雅, 地语者的忠诚勤劳,火语者的勇敢无畏,不再像那些简单勾勒出的图形标志,而从扁平维度跳脱出来,鲜活而生动地呈现在这自然面前,没有任何一个符号可以将我们描述。

陈以然在地与火中继续跟我说话,“当我们学会用接近自然的眼光来看待自身时, 你会发现,我们完全来自于她,来自于自然,来自于万物,甚至来自于宇宙。”

人身体上的湿度和温度，分别代表着水界、火界;肌肉、骨骼等坚硬的固体物代表地界。在他以为只有单独对应这三种元素的失语者时,跟我一样,他也在地与火中发现了自己的能力,他能分别跟其他人沟通,就像三座海上孤岛之间的桥梁。比起其他失语者,陈以然他们在盈满地与水与火的大自然中,更快地完成了“发现自己”这项使命。不仅如此,外界的地水火,与身体内的地水火一样，可以通过练习达到一种运用自如的状态。

“当你的大脑向内观察得越深，向外控制的能力就会越强,也就是说,你的语言就能被传播得更远。”

陈以然还是走在我前面，双手放在背后,似一位悠然老者。有风吹过,我的耳膜捕捉到一丝频率不高的振动,我没有将这段振动输入神经进行编译，任凭它盘旋而过，不过是一阵风罢了。

当晚，我在手环里收到高维的消息，她的工作被人接替了，只知道国外的管理中心想要接走各地失语者，他们提出更多保障和优待计划，失语者只需继续提供身体数据即可。她满是焦急，有不少失语者都接受这条件，且不到两周就会出发。

我想起阿凯的背影。

根据高维提供的信息，我和陈以然搜索与之相关的所有资料，一位日本的科学家井上由美进入视线，她是拓维生物科技公司的社长，一位科技狂人，同时也是政界新秀。在诸多新闻视频中，我们聆听她的语言，话语中的修辞成分掩盖了她内心真实目的的阐发，对主语“我”的使用亦过于冗余，清冷微笑的背后藏着勃勃野心。

“他们不能走，”陈以然结束对井上由美的凝视，“她有太多谎言。”

我思量许久，“我想，回学校想办法将阿凯他们接过来。”

陈以然点头答应。

“忘了说感谢”，我说。

“不用，我们共同面对。”

我和陈以然着手准备，线路图、校车、失语者名单、行动流程，最重要的是我们的大脑。

水语者双胞胎韩严、韩跃；地语者杨烈雪是催眠师，邱离是诗人；火语者顾向东擅长搏击，胡冉喜欢做甜点，混血儿安娜则对时尚很有品位；还有陈以然和我，他们之间的两座桥梁。我们聚在一起分享，他们从我这里了解到那些伙伴的名字、样貌、性格，还有分布在全球各地的同类，当我说起他们时，大家的眼神瞬间变得柔软，似乎有一条无形的线将我们的命运串联在一起。

与此同时,我努力跟他们学习,抓紧一切时间专注练习。我能控制面积稍小一点的水盾了,跟地语者和火语者的沟通信道也在渐渐扩大。

陈以然带我们来到远山下的隐蔽基地,入口是防空洞的样子,内部则是有二十层楼高的人工洞体。这里之前是一处地下核工程,随着战事的结束,被废弃后就从地图上消失了。它有高山做屏障,又挨着水源,隐藏于200多米深的地层,坡陡林密,周围云遮雾绕,从外面很难发现。

如今,这里被他爷爷改造成了一个地下防御工事,建有生活循环系统,以及各类信息操作系统和科学设备,不仅可以容纳几百人居住,似乎还有指挥作战的功用。我惊叹,这不是几个月内能完工的,包括他爷爷对他失语后超乎寻常的冷静,即使是最有远见的科学家或哲学家,都无法做出滴水不漏的应对。

难道他爷爷能提前预知这一切？陈以然没有透露更多，只是说，爷爷一样在努力。我没再多问，相信有一天会见到他。

休息时候，大家围坐在一起，胡冉准备了一些烤饼，顾向东站在中间展示搏击术，其他人有模有样地跟着比画，有人吟诗，有人歌唱，我们无声地笑着。陈以然一直对着操作系统做检查，他依旧严肃，但无论何时，他都能保持自然放松的状态，用他的话说，带着一种觉知。

不久，高维将她的研究成果发了过来，这台装置可以代替一些成长时间。陈以然对那些脑神经知识学得很快，他和高维连接视讯，在实验台上将数学模型和公式嵌合进一个可以挂在耳后的微型装置上。有了它，能增加大脑皮层神经元突触的电位总和，并且调制皮层丘脑非特异性投射系统的活动，让脑电波同步节律快速形成,能让我们更准确地阅读他人的神经通路,然后通过发出外激素的方式,对其做出微小调整。

行动前一天,我们共享彼此的知识,首先是我和陈以然,我们选在那条瀑布下方,对对方开放通路,接着,我们承担桥接点的角色。在自然间选择最好的地点,我和他分别与地语者、火语者共享,然后再互相交换。

最后,通路全开。

很快,我们得到了每个人拥有的知识,这样的共享方式可以用 0 和 1 组成的计算机程序演示出来。知识包括很多,常识、经验、技能,经由时间锻造,变成自己的羽毛或盔甲。如今,我们将时间的束缚抛到身后,这样的仪式感让我想起受洗或皈依时的神圣。

我们穿过树林往山下走，月光亮堂堂的,照

在身上,有一种好闻的味道。

几天后，我们得知学校的失语者要提前离开,将被送往附近的国际机场,搭乘飞机去往日本。我们的计划因此提前,出发时,陈以然确认所有电子通信系统处于屏蔽状态,确保基地不会被信号追踪到。整个路程会穿过两座城市,一路有通坦的大道街巷,也有崎岖山路,途中还有很多电子监控。

陈以然计算过路线,找到所有密集分布的监控点,当车子经过时,他设置的电子脉冲干扰调制,会将监控摄像录下的画面自动更改为前几分钟的影像,以此造成的时滞让我们躲过监视。另外，各路口的检察人员也不会对我们起疑心,他们的神经通路会被我们阅读、微微调整,在他们眼中,我们只是一群结伴出游的少年。

我很享受这段旅途，外面的世界像海洋一样在我们身下铺展开来，车灯在人群如织的海浪上撕开一道坦途，黑夜和白昼交替占据着头顶。我常常将手伸出车窗外，感受着路过海面的风，月光有时很沉重，压在无声的喉间，也压在苍白的城市边缘。我们宛若羽翼渐丰的飞鸟，从林间惊起，然后飞啊，飞啊，寻找着可以停靠的海岸线。

有几个瞬间，我希望目的地永不到达。

旅途很顺利，到达学校之前，我再次接到高维的消息。汪校长已被调离，校方对国外召集失语者的事并不知情，只知道是一次学习交流之旅。飞机将于第二天起飞，陈以然说他预感不妙，不能让他们登上那架飞机。双胞胎提前黑进了学校的信息系统，得知运送失语者的车子将在中途停留。我们循着路线，在那里等待着。

05

午后，高速公路休息站，两辆校车停泊着，我远远看见车窗里的阿凯，戴着耳机，失神地倚靠在一侧。我和陈以然戴上脑装置，缓慢接近他们。

车上领头的是两位陌生老师，还有四位从国外来接大家的督导。我和陈以然佯装成学生分别上车，悄悄放置一枚电磁脉冲炸弹，球体边缘溢出一束幽蓝色的电流，顺着空气中的电磁信号蔓延开去，车内的监控设备瞬间崩溃。

接着，引起他们注意，在不对称的交流中，我们迅速调整神经网络，发出外激素，缓解他们的焦虑情绪。催眠术派上用场，通过脑装置，可以增强催眠术在他们身上施展的效果。不到十几秒，他们大声的质问被调成静音，眼神慢慢失焦，然后瘫软在座位上昏昏睡去。我们施展的魔法不够炫，却十分有效，脑波以最快速度游走穿行，他们接收到的信息如水一样柔软温润，像母亲的嘱咐或恋人的呢喃。

没人会受伤。

失语者认出我们。“他们的邀请是个谎言，别离开了，来，到外面来，我们自由了。”我说。

我看到了他们，来到我的面前，经过我的身边，分别那么短暂，牵挂却一如往常。陈以然指明方向：“去那里上车，一起离开去新的地方，跟我们在一起。”

头顶上飘满了拥挤的通讯信道，失语者如散

落在各处的水滴，此刻正慢慢聚拢来，向着一个中心，沿着同一轨迹，最终汇聚成一朵莲花水纹，一条完整了银河系的悬臂。

水滴总能找到最短的路，我们也同样如此。

阿凯发出一个短促的感叹语，我一步步走向他，他微笑，跟那天在湖边的微笑一样，“他们说，你会在国外等我，所以我们都接受了邀请。”

我紧紧抱住他，“我哪儿也不去”。

离开前，我和于朔查看了其中一位外籍科学家的个人通讯网，他们的计划暴露无遗。海岸对面的管理中心总部正悄悄召集各国失语者，更密集的测试和实验正在展开，失语者的血液和脑电波里藏着很多秘密，我们的能力也许会变成一种新型武器。

我没跟陈以然商量，径自给管理中心留下一封信。准确地说是一个尚未激活的网络路径，当中心发现后,这是唯一能联系上我的方法。

我和地语者一起在沿路给沈夏留下信息,回家路上很顺利,大家都爱好自然、充满诗想,在无声的交流中彼此熟识。一路的雷霆雨露皆是恩惠,我们有草木躬身般的谦卑。

陈以然知道我想去见高维,同意我晚些再回基地。阿凯不愿和我分开,我拗不过他。跟大家分别后,我们行走在陌生街道,走得很慢,沿着有水的地方。建筑里的灯光像夜幕上的点点萤火虫,全息霓虹广告计算着人们的脚步,然后适时展开。

再次见到高维,她一下将我抱住,身上还是那种流星雨的味道,我们用梅子酒将相识的快乐重新温热。

我们同她分享窥来的消息,我保存着同步数

感单元”的大胆设想。“不过，这是一项浩大的工程”，她说，“接下来还有好多事要做呢。”

第二天，我进入城市，在图书馆电脑上建立了网络路径的接收端口。之前留下的信息等于告知他们，想联系我，就按照这路径轨迹去往一扇关闭的门，而现在，我一旦将门打开，他们便会蜂拥而入，沿着门后的甬道，发现我留下的微弱信号。我用了三层加密算法将现在的地址隐藏，他们找不到我。接连几天，我泡在图书馆，捕捉细密蛛网上的微微颤动。不久，我收到一段视频。

在我们带走失语者后，几位老师和国际督导受伤，在医院等待救治。接下来是一位督导在秘密房间接受询问，对面的人没出声也看不见模样。督导眉头紧蹙，努力回忆当时的情况，支支吾吾的，嘴里蹦出几个模糊不清的英语单词。之后，他眼神定在对面的神秘人身上，神情涣散。不久，神秘人的双手入镜，递给他两幅刚完成的素描画像，他点头。视频特意静帧展示了那两幅画像，竟是我和陈以然。

画面切回他，他恢复神智，开始有条理地讲述那天发生的事："我们两辆校车本来要去机场，结果在半路被两个危险的失语者劫持了，他们用自制武器袭击了所有人，包括他们的部分同类，谁反抗就会被殴打，我和几个老师都受了伤。我不知道这一男一女有何目的，可能意识到失语者族群身上的天赋，他们想以此作为武器……"

谎言，像是有人在编排、篡改他的记忆。我注意到，他和神秘人之间的交流同样是无声的。

接下来的信息很简单，如果我不出现，这段视频会被公开。随之而来的，是公众对失语者的控诉和批判，是人们对未知力量的恐惧。最后的信息是时间和地点。三天后，在一座大桥上。

计算。思考。冥想。

我可以进入数据库，将关于失语者的研究成果全部抹除，可以根据来往路径检索出各层负责人名单，收集政治丑闻再公之于众，还有很多。不过，我暂时不会那样做，太过烦琐，不够直接，我厌倦了被动地接受，直面他们能更快接近目标。

我选择用自投罗网的方式，和对方来一次秘密会面。

高维和阿凯不知道我的打算，我跟他们说，回基地之前我想去看望妈妈爸爸。阿凯提出跟我一起，我拒绝了，他眼神中写满令人心痛的失落，我把脑波增强装置给他，确保他一路安全。我也拒绝了高维送我回家的提议。离开前，我再次经历了难忍的告别。

我发觉，进化还在继续。同时，我沿着共享的知识追溯而上，发觉过去的世界和眼前的一样，在无人观测时是一个概率波，某种意义上，是今天的我们创造了古代的历史。而通过对人类各项经验的总结，我开始发现藏在现象背后的深层逻辑，这种逻辑神秘而又深邃，它奠定了整个物质世界的基础规律，却又无法言诠其本质。于是，我继续设想实现“通感单元”所需的条件。

当我再次走上街头，世界在眼中的投影发生了些变化，我能看见空气中飘荡的电磁波的形状，看见云端的空气被电离，看见人身体能量磁场散发的色彩图谱，看见阳光和叶片做着能量传输；还有声音，我能看见一些声音，那些超出五感接收范围内的。

一切清晰可见。

柏拉图的洞穴寓言给我些许启发，这个世界就像是别处投射在此处的一个倒影，关键在于，我们处于什么样的位置去看它，而绝对真实的世界，就在我们的意志里，就像失去语言的我，抛掉某种束缚，才最接近真实。我领会到陈以然所说“带着觉知”去“发现自我”的方法，也许，促成进化的部分因素正来自于此。

06

思考到此结束。夜晚来临，我独自走上那座大桥。

不到深夜，桥上已经没了车辆，它横跨在环抱城市的江水之上，将半岛连接至主陆。桥底的装饰灯光倾泻下来，水面摇曳波动，似一条无意沾上人间色彩的银河。来不及欣赏江与桥在数学上的美，就不得不恍尔抽离。江上有船来回巡逻，制服调成隐形模式的检察人员潜伏在桥梁尽头，远处的夜空悬浮着监控单元。

一个瘦高的身影从桥头走来，桥面微微振动。是沈夏。竟然是沈夏,那个闯祸的地语者。江面被风吹出褶皱,水波里蕴藏着信息。

“苏见雨,没想到在这里见面了,我收到你在各处留下的信息,还没来得及谢谢你。”原来,他不仅是地语者。

“你,跟他们？”我有种不好的预感,水面中心被我拨弄出一个小型漩涡,“视频里那个人,是你？”

他没否认,继续朝我走来。我的猜测是对的,他背叛了失语者。此时,一缕微风吹来,绕过耳边短发,皮肤上的绒毛微微拂动,如蜻蜓点水般掠过,如果不稍加注意,风里的信息就不会被捕捉到。

“你还没发现吗？”字节凝固在空中,带着微热温度的风将其裹挟,随后渐渐被冲散、稀释,被我读懂。

风？地与水与火……与风，我一直忽略了！

我想起那天在基地，陈以然走在我前面，也有一阵风，但是我错过了。对此，他没给我任何提示，他想让我自己去发现——能使用地与水与火的人，就能自在驾驭风。

风是流动的，它无处不在。在身体内所有空隙，风自在地游走。信息在风中被自由编码，能比地与水与火传递得更远。风语者，才是不同失语者之间的桥梁！此时此刻，我才明白。而在明白的当下，我就学会了如何掌握它。

而沈夏，显然比我更早发现这一点，并且，他的能力吸引了那些背后的高位者，只要他配合，便能得到很多好处，安全、尊重、权力，以失语者的身份，参与决定其他失语者的命运。这个他认为十分明智，在我看来却极其愚蠢的选择，会毁掉他。我为此感到心痛。

桥上的风渐起，不是来自于江面，而是来自我和他。我摊开手掌，凝聚起一股力，将眼前的风从此方传至彼方。在风里说话，比其他任何时候都要自由，只可惜，这场对话会以一方的失败而结束。

风，飒飒作响，我最后一次大口呼吸，肺部进行了一次不愉快的收缩。他脚下如同踩着不合节拍的鼓点，从他的方向吹来的风是不合情景的电子乐，太满了，一切都太满了，他无法在这样满当当的状态下“发现自我”。而现在，他却为此感到骄傲，脸上带着一丝胜利的表情，看上去不再是那个被生活困在一隅、不敢出走的少年。

“为什么？”

“一些谎言总是必要的。你难道不想改变这个无趣又虚伪的世界吗？我们可以做到，因为我们是天选之子！现在，只需要暂时跟总部合作，我们就能拥有权力，在人类社会的权力。之后，我们拿到想要的东西，就可以随时抛开他们。在这个地方，建立属于我们的世界，这才是对失语者最好的拯救。”

“用背叛的方式去拯救？可惜，我做不到。”

“我被汪校长找到之前，发现了其他几种能力，我阅读了他的神经通路，他是个好人。他帮我进入核心通讯网，找到中心总部负责人，我知道怎么抓住机会，答应帮他们做点事，比如确认等级不同的失语者，或是对付失语者的不同能力。之后，在我的建议下，汪校长被罢免，换上听我们指挥的人。对了，风语者是最强的，但一个人力量有限，我们需要一起合作。”

“为了引出我，你不惜伤害无辜的人？”

“一点儿牺牲而已，我还有更大的目标，让他们害怕我们。你知道这意味着什么吗？臣服。”

“看来，我们的目标不一致。”

“你想要什么？”

“和平共处而已。”

当然，我和沈夏之间的分歧不只在于此。在他走上前的几步之内，我们的思维不断碰撞，且没有什么可以瞒住对方。他想要的，是从前不敢奢望，现在却可以轻易得到的，说到底不过是那些普通人关心的东西。可他太患得患失，以至于忽略掉了那幅云图的美和珍贵，以及这鲜活世界背后的本质。他被赋予天赐的能力，却偏离了这条庄严的轨道。不仅如此，他更是将关键点抛在脑后——进化。

他对我的想法不屑一顾，认为那是毫无意义的求索，如同普罗米修斯。而此刻，他背后的人对我虎视眈眈。交流很快结束，我们得出各自的结论。在我眼中,他不配拥有这能力,就像只顾着为自己筑窝的虫蚁,身上却背着可以飞向外太空的引擎。

“没必要了,沈夏,我很失望。”

在刚刚的来回中,我判断自己的能力在他之上,我可以俘虏他去见中心的人,或者佯装被捕获。我没有十全把握,但现在看来只有一条退路。

“还有三十秒。”他嘴角泛起一丝笑容。

我正操纵一片水盾,准备给他来个下马威。但是,三十秒?一束正在上升的水柱掉落江面,我收回手,专注于周围时空波段的变化。

二十秒。我知道沈夏要做什么了。

“你?住手!”我重新升起水柱,一片水盾汇聚在面前,这一幕让他傻眼。水盾飞速旋转直逼到他眼前,在他鼻端稍作停留,然后,重重拍打在他身上。顷刻间,水盾又全部散开,重新变成流动的水,他被这股巨大的力量甩倒在地,全身被淋湿。震惊之余,他很快站起身来,擦掉脸上的水,嘴唇抿成一条线,似笑非笑地看着我,眼中有一道寒光。

“你来不及阻止我。”沈夏站起来,抬起双手。

十秒。桥面出现震动,他行动了。我向地面发出同步的振动频率,继而加快,以平复桥梁的震颤。最末一班地铁从桥面下的轨道呼啸而来,他并拢手肘,咬紧牙关做了一个下压的动作。地面的晃动正在减弱,但我还是慢了一拍。

我深吸一口气,将他脚下的水升起,接着改变水分子的排布结构。最邻近水分子的O–O核间距为0.276nm,O–O–O键角约为109°,而键角应该要达到109°28′,才能让更多氢键参与进来,每个水分子都能缔合另外4个水分子,形成低密度的刚性结构——也就是冰。我的手指像抚摸琴弦般，远远地探入水的内部，调整完水分子的配位数后，水很快结冰。他的动作完成了一大半，迅速形成的冰爬上他的身体。

最后一秒。他发出的振动波依然起了作用，桥面下的轨道出现断裂，石墩上的金属环扣与之脱离，一块平整连接的石墩向上翘起。这一点点偏差，却能让那辆载着乘客的地铁在高速行驶中被突然制动，一股冲击力会从车头蔓延到整个车身，所有人会失去平衡、受伤、哭泣。这个平静的夜晚，将被我们破坏。

没时间自责和思考，如果其他同伴在场，他们会怎么做？妈妈会让我怎么做？就算拥有那么多知识，而在当下这一刻，能用上的只有一点微弱的勇气。我转身和地铁赛跑，脚下的轰鸣声渐近，在那处被破坏的石墩上方，我努力将冒出的石墩恢复原位。

而此时,沈夏用力挣开冰的束缚,像是蝴蝶蜕出了茧。他站在原地,继续刚才的动作。那块石墩忽然向下陷落,轨道整个断裂开来,不到2.89秒,地铁将要冲入江面。列车长已经拉下阀门,地铁还在做最后的滑行,车体与轨道死命咬合,迸射出细密火花,尖锐的摩擦声如一把利剑划开夜幕,乘客们惊恐的叫喊声在一霎间如同暴雨敲打我的耳膜。

来不及了,只能用水。

我跃上桥的栏杆,集中注意力。在江面上画出一个漩涡,很快,一个巨大的水柱从漩涡中渐渐升起,在地铁第一节车厢坠入水面之前,仿佛有一段魔力牵引着水柱的形状,让它托起正在下落的车体。接着,整面水墙全部凝结成坚硬的冰,在距离江面不到三米的地方,地铁被冰封住,停止坠落。我继续搭了一条从车厢出口通往岸边的冰桥，保证他们能安全撤离这个摇摇欲坠的冰上堡垒。

体力以最快的速度消耗，额头上渗出汗珠，我伸出略微颤抖的手，用力划出一道风，“你知道自己在做什么吗?！”

可沈夏消失了，留下一句话:“我对你的判断没错，来吧。”

那些乘客战战兢兢走上冰桥，我离开他们的视线范围内，只有一个小男孩远远看到我的侧影，他目光里的含义是感激，单纯至极。他感激的不是危急之时某种拯救力量的出现，仅仅是对“感同身受”的致谢。

人员拥上大桥，警笛响起，差点惊扰这个城市的好梦。风里没了声音，我只看到一群发光的水母围过来，接着让出一条路。我没有犹豫，顺着这路，走上他们要我去的方向。

路途很长，我被戴上电磁束缚手环、脑电波阻绝头盔，即使这些无法困住我，我依然配合演好一位俘虏。在一栋大厦的楼顶停机坪，两个人带我走上一架小型直升机，螺旋桨卷起的猎猎阵风，竟像我失散已久的翅膀。

我第一次在夜空中欣赏这座被霓虹摆布的城市，万家灯火相继点亮，那些房间里摇曳着鲜活的生命。在星图中，每一个都是毫不起眼的尘埃，可不知道在哪一刻，他们会被引力拉扯至混沌的彼方，彼此相交、重叠，然后永远地改变对方的星轨。

对面的人警惕地盯着我，手中抱着武器，像抱着一只猫。另一个以为我睡着了，僵硬的姿势这才卸下来。头盔的两个金属触点紧贴在太阳穴上，有一阵酥麻的感觉。我想起还不会说话的小时候，爸爸逗我玩儿，用满是胡楂的下巴啄在我脸上，我痒得笑起来，捧着他的脸，只是笑。他希望我能发出声音，哪怕是一个字、一个音节。他用大拇指刮了刮我的喉咙，然后发出一声叹息。

五岁之前的记忆对我来说，原本非常模糊，而现在，海马区里早已褪色的废墟再次焕发生机，我甚至记得每一个细节、每一种情绪，如此清晰，就像正在发生的过去。

机舱里很安静，我看着玻璃上的影子，我很久没认真观察过自己了。那是一张稚气未脱的脸，淡眉下卧着一双跟妈妈很像的丹凤眼，脸部缺少漂亮的弧度，微卷的短发让我显得学生气十足，在宽松帽衫里，我和心脏一样呈收缩的姿态，这让我感到足够安全。

飞机落地时，我发现自己身处一个有海的陌生国度，遥远的海浪声和心跳声叠加在一起，海滩一次又一次被潮汐吻上，这恰如其分的节奏感,令我忘记自己是一个暂时失去自由的人。我想起失语节那天,家里模拟成像墙面上正是这样的场景，只不过那时的我永远分不清黎明和夕阳。

这里没有过多被镜面包裹的高耸建筑,唯一一栋高楼如灯塔般矗立在城市边缘。我站在灯塔顶端看向海面,享受短暂的宁静。

愿你思如大海。

我将这句祝福传至风里，然后降落到海中，总会有人听到的,我想。

07

随后，我被带到这栋楼的腹部，这里是拓维生物科技公司，失语者的云端数据库、实验方案及研究计划，所需技术大多来自拓维，失语者管理中心的总部便设立在此。

我将要会面的正是井上由美，她还是管理中心的联席主席之一，她和其他几位来自各国军、政、商界的主席共同组成中心首脑。他们每天会分析解读国际政治、全球经济、科研方向等等，然后从这些线索里拎出来一些，用作对失语者政策的参考。他们总是把简单的事变得异常复杂。

一座日式风格的庭院，两个人在通往内室的木桥边停下，帮我取下头盔和手环，其中一个抬了抬枪，示意我进去。桥下方是一湾溪水景观，四周素雅的布帘随风拂动。内室的地面中间种着一棵樱花树，树枝上的粉红色花瓣不时落入土壤，一阵若有似无的微甜香气送入鼻息。和外面到处浮动着数据的信息墙面相比，这里仿若一处与世隔绝的桃花源。但只是视觉上的观感而已，那棵树没有经络、细胞，更没有光合作用，将这里的素雅与恬静衬托得如此虚假。

一枚花瓣中投射出全息人像，数据点阵渐渐拼凑成一位气质淡雅的中年女性形象。井上由美身穿日式和服，头上盘着发髻，眼睛细长，薄薄的朱红色嘴唇立马挂上微笑，双手叠在额头，微微俯身对我行礼。

“苏见雨,你真是个聪明又漂亮的姑娘呢！”

另一枚樱花投影出一个对话框,悬浮在我面前。井上由美做了一个邀请手势,“没想到这么顺利就和你见面了,风语者。你知道吗?只要有更多风语者加入,我们便能将失语者的能力开发成武器,这是一股坚不可摧的力量。”她眨了眨眼,“这不是交换,是共赢。”

“自由。”我在对话框上回复她。

“自由？这是一个很抽象的词,你想要的话,可你真正理解过它吗？”

“自由，正因为不能被理解，就更不应被剥夺。我来这里不是因为害怕,相反,我很同情你们。现在我要求你们,停止一切针对失语者的实验,解散管理中心。然后,我会告诉所有人,我们是谁,我们是怎样一群人。在这个世界上生存的方式,将由我们自己来决定。”如此低效率的交流让我感到疲乏。

“可是，你不想知道天赋从何而来吗？没有我，你们会失去很多机会。”

“找到答案，是我们自己的事。”

“你知道，中心有不少人也不赞同我们的做法，他们是保护派。他们认为失语者带着某些天外来的启示，他们和你的想法一样，自由。”

我忽然想起陈以然的爷爷。

“对了，你有筹码吗，见雨小姐？”

“筹码，人类进化的方向。”

她“扑哧”一声笑了：“可这个，不是掌握在我手中吗？”

“那你呢，你有吗？”

在她身后，一朵樱花投射出一幅巨幕影像，密密麻麻的方格从中间如雨点般弹出，渐渐铺满整个投影，数据格里的画面来自世界各地，里面是普通的场景，一些努力生活的普通人。“这些人，是失语者的家人，他们的资料也在失语者数据库里。”

我握紧拳头，远方的海水掀起浪潮。

“直接一点吧，见雨。在联合国的许可下，中心将在各大城市展开全民公投，让所有人来决定你们的命运，这很公平。也许，在此之前，我会把那些你们闯出的祸、你们的危险和善变全部公开。我会在太平洋的四座小岛上建立新学校，能容纳下所有失语者，在那里有很多事要做。长远看来，这可是一支全新的军队呢，而这支军队需要更懂他们的人来领导。所以，你现在可以选择，是成为我的伙伴，还是……”

“被奴役的对象吗？”

“你这么理解也无妨，不过，你还有时间考虑。在给出答案之前，就在这里待几天吧。嗯，我可是真的很喜欢你呢！”

井上由美的画面收束回粉嫩的樱花花蕊。有人在门口等着，重新为我戴上头盔和手环。在这世界布满谎言之前，我该做点什么？

我被软禁在大厦的某间住所，两天时间足够我思考很多。反抗，需要耐心和时机。而通感单元，才意味着真正的自由，这个能将所有失语者连接在一起的设想，是时候酝酿了。房间里的陈设适合用来在脑中建构思维宫殿，竹质柜子、蓝釉花瓶、被炉桌，在上面放上不同的数字、符号和向量，在组建的时候方便取用。

说到底，宇宙也不过是一个容器。

通感单元需要一个最基础的方程式模型，目的是达到一种个体与个体之间关联共享的状态，这是一条可行且必须的路。这取决于世界的本质，它存在复杂的相互作用，我们不可能逃开这样的纠缠，因为物理世界的最终实在正是能量场，而失语者则是这股能量场中最稀有庄严的虚拟粒子云团。

陈以然的知识在我脑海里像高能电子一样冲撞，我在原有基础上很快有了新发现。忽而，一些细碎的童年往事从记忆中浮现，我暂停建构工程，阅读这段遥远时空中传来的涟漪。

八岁的某个夜晚，我在爸爸家度过，准确说是借宿。妈妈要出差几天，把我送到他家后叮嘱了许久才离开，那时他已经有了一个一岁的新男孩。我不想为他添任何麻烦，可是却在半夜发起高烧。深夜的医院令人畏惧，我第一次看到爸爸那样着急，他想打电话给妈妈，我流泪摇头。消炎药起了作用，墙上的时钟在我眼里变成人生的轮盘，中间再过曲折，最终总要归零。

而妈妈，据她后来说，她在那晚辗转反侧，感觉浑身难受,像是一场大病的征兆,直到早上才知道原来是我病了。

即使距离遥远，在原子和粒子的基本层面上,一个物体可以同时处于两个地方,它们甚至可以同时向两个不同方向运动。尽管时空间隔使得信号还未在其间传递，但它们仍然互相纠缠——以一种量子版本的心灵感应,通过某种方式即时地远程感知,并影响对方。

妈妈总是给我很多灵感。基本模型的建构工程进行到一部分，我还需要厘清一些关键线索,或者说,只有更新的知识才能帮上忙。在此之前,我必须做点别的事来缓冲一下。

让我去见一次爸爸，我对井上由美提出条件。以此交换,我必须先配合他们做一次大脑神经元组测绘。

阻滞剂的成分跟眼泪有些类似，当它顺着针孔流入体内时，我察觉到它将会产生的效用。3分钟内，它会暂时麻痹我的副交感神经，让神经脉冲和电化学过程组成的庞大网络断绝联系，与之产生的一系列复杂响应亦会停止，接着，四种语言的能力暂时被阻绝，药效会持续6–10小时左右。

视线里是纯白的天花板，灯光刺眼，我躺在试验椅上，一位身着白衣的技术人员将一针阻滞剂刺入我的静脉血管。即使痛感像蚂蚁咬啄一口那样微弱，我也能将由皮肤传至神经上的疼痛反应调校至0%。

他叫赵枫楠，名牌上写着，眼镜镜片反光，看不清他的眼神，但他皮肤外激素里发出的信息却很清晰，对我有一丝怜悯。即使可笑，但比起井上由美还算真诚。在他以为药剂起效后便扶我起身，动作温柔，跟候在门口的人一起将我送至这栋楼的中枢主脑。

走廊上只剩下脚步声，他不经意回头，发现我眼角流出两行眼泪。

“你哭了？别害怕，不会疼的。”他语气带着歉意。

阻滞剂从左臂的静脉血管流入后，我控制体内的生物磁场，对这股密度不同的流体的走向进行引导。原本它将抵达我的大脑神经，但在此之前，它还会经过颈内动脉。我改变了阻滞剂在神经脉络中的方向，它先停留在视神经的外侧，在上直肌的下方越至眼眶的内侧，在滑车上动脉稍作转向，最后通过外直肌上缘前行到泪腺。阻滞剂伪装成眼泪，流出体外。

我抬起头，看了看他。很多次他想提出反对意见，但却不敢，跟之前的我一样，他需要一点勇气。

井上由美会后悔把我带到这里，在这间测绘室不远，就是失语者全球共享数据库。她对我俯身行礼，似已等候多时，她的脸是典型东方面孔，柳叶似的眼眶飘向鬓角，一道细眉卧在上方，柔美、清冷，不易接近。比起和服，这身洁白工作服让她显得多了些攻击性。在确认阻滞剂注射后，她薄薄的嘴唇卷起一丝笑容。

赵博士在一旁调校设备，为我戴上一个脑电波传感式头盔，密密麻麻的触点紧贴在头皮，每个触点前段发出幽幽的蓝光，通过复杂线路连接到一个终端，在主程序里面，正对我的大脑活动进行测绘。

人类大脑有约 860 亿个神经细胞，每个神经细胞通过轴突与树突及其他神经元相连接，它们通过化学物质相互传递信息。这套测绘程序叫作

“多电极阵列(MEG)—皮层脑电图(EcoG)磁阵造影脑成像系统”,根据麦克斯韦方程,任何电流都会产生一个正交磁场,而它主要通过测绘脑内神经细胞脉冲电流产生的生物磁场,来推算大脑内部的神经元活动。用这样的方式来了解失语者是片面的,但我的通感单元建构工程能获得一些启发。

我感觉大脑皮层一阵酥麻,舌根似乎被针扎了一下,传来微苦的味道。日本国际电气通信基础技术研究所曾开发出了通过非侵入式测量的脑机接口,它将时间分辨能力高的脑磁和空间分辨能力高的核磁共振结合, 达到该领域顶尖水平。井上由美主导了这个项目,此后不久,她便创立了拓维公司。失语者的出现,无疑给她的研究提供了绝妙素材,而她的野心绝不仅限于此。

初步测绘完成,一幅璀璨的星图呈现在眼前,如果有人能读懂它，我相信他便知晓了宇宙的一些秘密。赵博士的眼神流露出一种教徒般的虔诚，跟当初的高维一样。

“天啊，她跟沈夏不一样，跟其他失语者都不一样，我从没见过这样的大脑。快，全部录入、建模！”井上由美抑制不住激动开始说日语。

“嗯，好！”

赵博士望向我，继而忙碌起来。我起身，静静注视着操作台上投射出的全息测绘脑图。这幅图没有所谓的边际，像一片汪洋大海，又像一篇永不完结的立体乐章。在虚空中，千亿带电神经元持续闪烁，通过各端的沟回桥梁将电信号释放，这使得每个功能区之间的壁垒正在渐渐打通、弥合。

如果上帝也会画画的话，那这幅伏藏在我脑中的画无疑出自他之手。超越画笔和线条的细密工整，点与阵的完美嵌合，在适处稍稍留白，密布的生物电磁场宛若丛间惊鸟，被这难以言尽的美感激起，谱成一曲没有乐器能演奏的音乐，在恢弘如众神的英灵殿里，留下永恒的回音。

井上由美不停调整图像方位，无限拉伸或缩放，如同射电望远镜观测到的陌生星系，几秒之内，视域便从星系外围直逼到某个行星之上。那些平滑舒张的区域主管情感和认知，就像平原与海洋；那些深深的沟壑与回路渐次围绕，组成意识和记忆，就像森林与山脉；而那些头端薄壁的膨起部分，则用语言和学习与外界紧密沟通，就像城市与乡村。

“她的左右脑，竟然不是靠胼胝体来沟通，她应该随时可以把左脑关掉！用语言方式、用线性和规律来思考的左脑，关心着过去和未来。而用图像和运动形式来学习的右脑才是答案，右脑只关心眼前和此刻，将意识和现实经验相分离，外界的一切都以能量的形态流进感觉神经，然后在体内拼凑出当下的模样。气味、触感、声音种种，无不如此！”

“所以，失语者的秘密就在他们的右脑！”赵博士又看向我。

她说得没错。我现在可以有意识地关闭左脑，而靠右脑连接一切。我呆呆望着这幅三维图像，它像是静谧宇宙缓缓睁开的一只巨眼，悲悯地凝视着我。

光是这幅脑图，她便能把我列入最高等级的失语者之列。录入工作还未结束，接下来是不长不短的沉默。全球共享数据库就在隔壁。井上由美的神经通路并不容易被阅读，她不像其他人那样直接，过于精明、充满防备，这个世界给她灌入了太多冗杂的信息。

“你很快就能见到爸爸了，我会找人陪你一起去。”井上由美从激动情绪中抽离，表情似笑非笑。

在他们将这幅脑图上传共享之前，我被同意进入数据库。井上由美有最高权限，这是一个掌握中心所有进展的绝佳机会。不过，跟她的神经通路博弈花了我好些时间。

这里更像一个图书馆，只不过每层数据柜都由灰暗色金属制成，镜面操作台上方垂直悬挂着成像仪，四周不同的终端上有光点闪烁，仿佛盘旋在夜晚丛间的萤火虫。这个空间保存着关于我们的一切，在同一天蒙受恩宠的人，那些面孔和人生在我脑海中越发清晰。此刻，脊椎上传来一阵神圣的战栗，提醒我该做点什么。赵博士正准备将脑图上传，在数据输入端口前，我挡住他的手。

我让他们睡了一觉,这里暂由我接管。我独自待了很久,像一个潜入洞穴的冥思者,浏览、下载、演算,直到一枚方形芯片被填满。我还在数据库里设置了一个“后门”,能让我在另一处路径端口上随时连接并操控这里,完成这些步骤需要不少时间。在他们醒来后,会忘记自己沉睡过。

井上由美依然会履行她的承诺，在那以后，我会给她一个答案。我同样也会给沈夏一个,他现在正在这栋大楼里接受军事训练,以便今后更好地领导失语者。

安全离开后,我并未停止回想。

太平洋的四个大陆小岛位于中部偏西的海域,在地理分布上相隔不算太远。他们已经开始在那里建设学校了,似乎笃信全民公投的结果会如他们的设想。联合国召开过很多次关于失语者决策的联席会议，不少保护派成员来自科学界，虽然他们还在发展壮大,可掌握话语权的依然是那些沙文主义者。

保护派中有科学家提出,造访地球的那场神秘光雨，很有可能是来自1000多光年外被命名为KIC 8462852的恒星产生的虹光闪烁现象,这证明存在一个环状行星,掠过恒星前的不规则运行轨迹使其亮度降低了15%。有一种观点认为，这颗恒星表面可能存在“外星人建筑”,或许是用于开采恒星能的“戴森球”。保护派进一步推论，如果存在高级外星文明向地球发出信息的可能，可联络方式并非是熟知的电磁波,那有可能是引力波或中微子，因此人类暂时无法有效监测,但并不排除虹光闪烁携带着一些未知宇宙辐射能量,这也许是赋予我们四语能力的关键。

关于起源,尽管还停留在猜想,却有种见惑思惑的通透。我相信,在一切结束后,我们会更接近那个起源。

至少现在，比起第一次看到失语者名录时，可供解读的坐标系更加完整。此刻,我从飞机窗口望出去,机翼之下,这座海边城市被密布的灯光勾勒出影影绰绰的轮廓,像是倒影在海岛上的澄亮星空。虽然那些星星不在视线内,但我感觉它想要透露的秘密就在头顶,仿佛触手可及。

当飞机升至同温层后,我感知到一股高频段电波,那是一颗承担航天飞机通信和数据传输中继业务的人造卫星,它把地面的测控站升高到了地球静止卫星轨道高度,可居高临下地观测到在近地空间内运行的大部分航天器。这给了我灵感，我的通感单元工程兴许能仿照这样的结构，将风语者的脑电波信号覆盖到所有失语者的信道,相当于没有界限的连接。

去爸爸家的路上,我继续在脑海中进行建构

工程。

当车辆接近那栋公寓时,我发现窗外的风中有一丝不安分的跃动。在三个街区后有一辆车跟着我们,是陈以然和阿凯。我嘴角不经意间露出笑容。

天气很好,比起爸爸离开的下雨天,今天的阳光似乎带着某种暗示，毫不偏心地倾洒下来。街区的人不多,我站在草坪边,默数着风中的节拍。

陈以然的车停在路口。阿凯向我飞奔过来,像一颗流星,我冲上前紧紧抱住他,他眼神中带着责备和思念,我将头埋在他的肩膀上,像是埋进一片柔软的海洋。

赶来的不速之客面面相觑,掏出便携式电磁力场枪,陈以然不用几下便将他们制服。我点头对陈以然表示感激,他还是那般昂扬,没有多余表情,食指推了下眼镜,示意我去敲门。

我和爸爸都是习惯逃避的人,逃进雨里或别的地方,但现在我不再害怕会让他失望。阿凯和陈以然站在我身后,像两片护甲,我知道他们还有很多话想问,但这一刻,他们会安静陪我度过。

开门的是个十岁左右的男孩, 是那个新男孩,我见过。那时他才一岁多,现在已经长到我胸口这么高了,我对他笑了笑。他眼睛很大,肉肉的小脸上印着两个酒窝,他小嘴上翘,盯着我,又探出身子看向我身后的他们,小眼睛转了转,回忆是否见过眼前的陌生人,“你们找谁? ”

你爸爸。我嘴唇开合,拼出简单的口型,他能懂。男孩一溜烟跑进屋里,随后,爸爸走出来看见我们,略带惊喜和担忧。我们的交流以断断续续的沉默为主,他能看懂一点儿手语。

客厅的全息墙面弹出一些新闻窗口,把沉默

的时间拉长——“失语者破坏公共安全事件还在各地上演”“失语者管理法案全民公投在即，你是否支持他们迁离大陆？”“失语者是这个世纪以来最大的全球性政治难题”……

爸爸慌乱关掉那些窗口，举起杯子将水灌入喉咙，他的喉结上下起伏，发出微弱的颤音，“见雨，不如你在这里住一段时间，那个公投不会……”

爸爸，不用担心我。

阿凯将杯里的水搅起一阵微缩水龙卷，逗得男孩开怀大笑，他又把水泼向空中，右手一挥，水滴全都凝结成冰块，捧在手心递给他，像一颗颗钻石。

我们该走了。

爸爸点头，他现在知道我们有能力保护自己。离开前，我看到电子相册里的她，短发、皮肤很白、笑起来眼睛眯成一条线，那男孩跟她很像。

爸爸在门前停下脚步，欲言又止，落在我身上的目光转而又收回。

他想说，对不起。

门关上了。几秒后，身后响起他指节轻轻叩门的声音，“嘀嘀，嘀嗒，嘀嗒嘀嘀……”

“叔叔在里面敲门？”阿凯问。

爸爸敲完最后一个音之前，我的眼泪忍不住攀上眼眶。

.. .-.. --- ...- . -.-- --- ..-

“见雨，你知道‘我爱你’怎么说吗？”五岁时的某天，爸爸问我。

“我、爱、你——”爸爸的脸部肌肉扩展到最大弧度，一字一字从嘴里吐出来，像是慢动作。我学着他的嘴型，努力发出声音，但却不能。

他挠了挠头，“见雨，我再教你一句，一定要记得啊。”

他弯曲双指叩在桌上，指节发白。嘀嘀，嘀嗒，嘀嗒嘀嘀，嗒嗒嗒。

“这是摩斯密码的‘我爱你’，我们的暗号，好吗？”

我点头，笨拙地模仿他的节奏敲桌子，一下、两下，乱了，再来。

阳光很刺眼，眼泪很快会被蒸发掉。

“该回家了。”陈以然说。

“我还得回去，有个风语者背叛了我们，还有很多事要做，他们不好对付。”

“你应该知道，你从来都不是一个人。”

“对不起，我没和你们商量。”

“我们之间不用说对不起。”

陈以然双手背在身后，经过两个晕倒的对手身旁。“你需要去见一个人，至于他们，只是浪费一点儿时间再去抓你。很快，一切都会结束。”

他总让我安心。上车前，我转过身，深吸一口气，一个小小的力场在我手中展开，它渐渐变大，悬浮在手掌间。然后继续膨胀，像宇宙一样，这个空泡的边缘覆满带电粒子流，而这些素材都来自空气中的磁波，我只是将其改造成一个透明力场。当它膨胀到足以盖住爸爸那间房子后，我放心离开，一段时间内，没人能伤害他们。

再见了，爸爸，下次我会记得带礼物。

08

再次回到基地，伙伴们为我准备了丰盛的晚餐，快乐如同一个膨胀的气球在我心口炸开。我们分享了一切，包括从拓维带回来的那枚芯片。关于保护派，陈以然显然知道更多，他的爷爷陈思尔是物理学家，也是保护派成员之一。关于失语者的自由，他的思考不比我们少。在我被中心带走后，是保护派的几位博士将信息传达给了他。

在全息视讯里见到他时，我明白陈以然给人的安全感是从谁那里继承的。陈思尔博士更像是寓言故事里的智者，眼神藏着洞察一切的光芒。我们的交流免去了多余的部分,直达核心。

“见雨,我几乎和你们感同身受。关于这份礼物,我相信是来自头顶那片星空呢。失语节不久前的虹光闪烁,实际上在公元前600年也有出现过,它降临的地区集中在北纬30度上下,在那个被称为人类文明的‘轴心时代’里,各个文明都出现了伟大的精神导师——古希腊的苏格拉底、柏拉图、亚里士多德,以色列的先知们,古印度的悉达多,中国的孔子、老子,他们相隔万水千山,提出的思想却有很多相通之处。而失语者的地域分布也集中在北纬25—35度之间，虽然时间上更加集中,但在我们看来,并不是巧合。”

“可是,那些哲人并没有失去什么。”

“那次虹光闪烁可能只是对他们的大脑生物电进行了微小调校,即使这样,就足以让人类文明走出蛮荒。而这次，它选中了更多年轻的、纯粹的、易连接的大脑，通过转换恒星能发送四维光波束，以超越极限的速度到达三维地球后，光波束展开为高能中微子，关闭了你们脑神经中的语言通路。随之而来的是，所有通路打开，你们肩负着更伟大的使命。这也是保护派坚信的。”

我在拓维数据库看过虹光闪烁的负片测像记录，那些光束呈现在底片般的背景上，光从不可视的波段中跳脱出来，仿佛一条幽灵般的巨蛇，模仿极光在大气层上闪射、舞动，然后将耀眼的虹辉垂直洒向地面，大地瞬间成了托住无数光柱的圣殿。但肉眼分辨不出那光柱绝对真实的颜色，也看不见形状，更没有一丝声音，像是蒙住了我们的眼耳鼻，在大地上留下一些沿途经过的痕迹，接着又向地球外溢去。

宛若神启。我感到心室传来一阵震颤，望向

身后的伙伴，在那一双双眼睛里，我看到了未来。“发出虹光闪烁的恒星，那里有别的生命？它们的目的是什么？而您，好像能提前预知这一切。”

陈思尔眼中透出一丝亮光，“事实和猜想之间存在一些鸿沟，如果真的有高级智慧文明，我想，它们会再次传来信息。不过，宇宙始终能量守恒、自负盈亏呐！当你们尽可能地去发现自身，这个目的会主动找到你。”

从他的眼神中我感知到，关于他自己，关于那颗恒星孕育的生命，在那以后，我们将知道更多。“接下来，我们该怎么做？”

“我相信你已经有答案了，我尽全力来帮你们。”

“您现在在哪儿？”

“不用担心，我们很快会见面。”

阿凯牵住我的手，还有陈以然，顾向东、杨烈雪、胡冉、韩严、韩跃……在我身边的同伴们，一起上前，我们互相凝视，在彼此眼中看到自己。

“愿你思如大海”，陈以然说。

“你收到了？可那是我在离这里很远的海边留下的。”

“有些信息能超越物理空间，就像……”

“量子纠缠？”

“先来看看这个。”

在地下基地的实验室里，我看到了那些透明晶体颗粒，它们很细微，呈不规则形状，被放在实验箱中，周围缠绕着线圈和电极。“这是？”

“这是一种特殊的超磁感晶体，这种天然晶体能感应到高频信号，能从众多的电波中选择所需的信号进行放大，体积小却具有很高的感应电动势。而我们的脑电波，脑神经元连续的自发节律性放电，完全能通过这种介质得到放大。把它们聚集在一起，再联结成阻容耦合电路和共模驱动电路，通过高通滤波构成放大电路，而我们脑电波可供放大的倍数，则取决于晶体数量的多少。”

我看着它们，宛若凝视天上的星辰，“它能让我们……”

“连接。”陈以然用手指卷起一阵风送到我面前。

“高维呢？”我注意到很久没有信息弹出的通讯手环，某种意义上，她是第一个帮助我们连接的人。

陈以然沉默了，阿凯也是。阿凯递给我一副眼镜，是高维的。当我指尖触碰到它的那一刻，无数碎片涌向我的感知皮层，内脏如狂浪翻涌，一种不知从何处生起的疼痛感扭曲着神经。他们从我的反应中解读出，我已经能从一件物品上，接收到来自它主人的信息。

高维死了，跟沈夏有关，井上由美为了掌握我的行踪，调查了每一个跟我接触过的人。在他们找到高维时，确认她曾经帮我出逃，还隐藏了很多关键信息，她是保护派中的保护派。审问对她没有任何用处，在一群审问者面前，她始终保持缄默。在审问者的视域里，指挥官沈夏脸上浮起一丝决绝的表情，然后钩钩手指，他们便领悟接下来该怎么做，是那把电磁力场枪要了她的命。

应该有一阵风，像音乐一样温柔地俯下身，拥抱她跌倒的身体。在生命力远离她的肉身时，它会像一位老友陪伴着她到最后，她触摸过的，这风同她一起触摸，在她最终跌下去时，风又变成海洋，包容了她身上某种只有21克重的东西。

然而并没有，她逐渐平息的疼痛依然悬在半空，像海潮一样在我的动脉壁上涌动，那痛感如锋利的荆棘钻入心脏，只要心跳还在继续，刺痛便不会停止。

我整夜没睡，眼泪没有用处，我们都明白现在不是悼念的时候。我面对墙壁，盘腿而坐，思维穿过地、穿过风，穿过遥远的水与火。在破晓前的至暗时刻，我感觉自己身处一个温柔、清明的果园里，被掉落的觉醒之椰砸中、棒喝。

高维让我明白，我曾经缺失的勇气可以从哪儿寻回。那些失声之久之轻，却在一刹那让我沉痛又激越。我想寻一条新途，像瀑布无惧断落，我想，这短暂的思想里，有我长久的愿力。

通感单元的建构工程被读档，我从窗户往外看，院落将夜空合围成四方，有一颗启明星独自闪耀着，我将那些安放在头脑宫殿各处的数据和向量移到夜空中，进行更广阔的演算。这模型里缺漏的部分，是一个常数，一个算法，一种难以被言诠的东西，或许是爱、是勇气。

我知道要给沈夏的答案是什么了。

清晨之前，我们四五十人继续分享知识，第一个通感单元即将诞生。

林间的雾还未退散，陈以然带领我们朝山顶走去，那儿有一处信号传输基站，也是陈思尔建的。在我的建议下，它被命名为“高维基站”。不远处，一座如莲花台般的巨塔从薄雾中浮现，基座内壁镶满了超磁感晶体，它们正合力捕捉周围的每一束电波信号。

我们抬头仰望，这座塔让人心生敬畏。互相咬合的机械花瓣次第打开，伴随着引擎启动的轰鸣，一道蓝色电离束垂直于基座中心，射向薄雾渐渐消散的天空。

我们站在莲台下方，围成一圈、手牵着手，各自发出同频脑波。超磁感晶体迅速撒下大网，风语者作为巨网的桥接点，开始率先调整神经元通路，在建构模型的指引下，我们的神经元突触自动排成点阵序列，与其他失语者的脑电磁场做接驳，一个、两个、三个……没有一种网络拓扑结构能解释我们这样的连接模式，我们变成了模因网中跃动的字节，量子和比特互相嵌合，不留一丝缝隙。

我们是终端，亦是一切的源头。太阳高照，一组通感单元已经形成，整个过程像是古老而庄严的仪式，我们在地与水与火与风的注视下，完成了连接。

愿你思如大海。所有人同时说。这声音，在无限反射的镜面中回响，永不消散。

夜晚来临，我们围着篝火庆祝。橙黄的光映在阿凯侧脸上，我感到安心。火语者将燃烧的火焰变幻成各种形状，像红萤、像流星、像万物。我们一起将清澈的水洒向大地和空中，以此作为对高维的告别。有风起，细而凉，银河远远来到跟前，还有山林中的蝉鸣和蛙叫，此刻，我们期待黎明永不降临。

距离全民公投日不到一周。

关于失语者的新闻准点投送到每个信息终端，语言充满煽动性；街上有游行队伍举着横幅，要求将我们流放到荒岛；井上由美发了疯般寻找我，丢失一个重要筹码将影响她的计划；中心几位主席轮番发表演讲，争取公民手中神圣的一票；保护派也在秘密组建力量，迎接最后时刻的到来；而爸爸会告诉妈妈我的近况，然后各自祈祷。

在莲花巨塔的帮助下，我们能定位并连接上全球各地的风语者。我们同时跟几千人沟通，将那份脑图以及通感单元的模型分享出去。他们欣喜若狂，接着，各自连接地语者、水语者和火语者。

对于沈夏，我想好了。在“高维基站”下，我将高维临死前的感受压缩成一个感知模块，然后通由脑电波信道精准传输到他的神经元突触上，并且关闭他调节疼痛反应的接口。他会在一段时间内反复感受高维的痛苦，这种痛苦包含肉体和精神两个层面。他会明白，对外部世界所做的一切最终会回到自己身上。

“对不起，你会明白我。”我在感知模块里留下一句赠语。

连接还在继续。

我听陈以然提过，曼彻斯特大学曾研究出一台能模拟大脑神经元活动的计算机 sipNNaker，通感单元数学模型的关键，就在于 sipNNaker 对基底神经节的模拟研究成果。这一次，不是计算机来模拟我们，而是我们去模拟计算机的矩阵演算模式。

我们的大脑互相连接,组成一台拥有 100 万个处理器核心和 1200 块互连电路板的神经形态计算机。一共有 30 万失语者,我们就此模拟成 30 万个核心处理器来模拟神经元活动, 同时执行 200 万亿次级别的运算。在人类大脑中,1000 亿个神经元同时放电,并向数千个目标神经元发送信号,在此基础上,每个核心处理器又是一个独立的信号传输系统。

因此,通感单元能架构支持处理器之间的特别通信。如同数不清的星系聚合在一起,成为一个坚不可摧的整体,而每个星系又是一个独立的天体运行系统。通感单元还将呈指数级扩大,来自全球的失语者很快做出了回应。

连接。连接。连接。连接。

…………

09

这场盛大的仪式始于凌晨。日出之前，夜幕承担了隐喻的职责。

我们再次聚集在莲花巨塔下，大脑各区的壁垒全部打通，无数束脑电波汇聚在巨塔的蓝焰中心，光速般向外飞射，接着展开各自的独立信道，宛若一颗正在爆发的超新星，将携带无限信息的原生原子洒向宇宙深处。

澳大利亚、日本、法国、希腊、尼泊尔……失语者静默地站立，微闭着双眼，仰起头像是迎接快要落空的吻。我们调节脑电波传输接口，接收由风语者作为信使传来的消息。恒温层飘满了跃动的磁场，我们像无数兴奋的高能电子，在整个宇宙空间里横冲直撞。

通感单元变成分形几何式的矩阵结构，像城墙上的烽火，被逐一点亮，每一根带电神经元将信号传递，如细胞分裂，如宇宙膨胀。似乎冥冥之中有双巨手，拨动了宇宙中心的琴弦，音波荡漾开去，光速跃迁到我们面前，让乍泄的觉醒之流冲垮名叫“自我”的堤坝。

世界不过是地与水与火与风的容器，我们也一样。但最终，这晦涩的容器不是我，能被定义的不是我，我也不是我。他们是我，他们每个人都是我，而我也同样是他们。我们的人生似乎都在等待这顿悟的时刻。

此时，我们的左右脑被雕琢成曼陀罗坛城的

彩色沙画，自由而庄严。我们可以进到右脑意识里，身体则成了意识的单人囚房，此时的我们成功越狱，由 5000 兆个精妙细胞组成的生命体与万物合为一体，我们时刻能见到宇宙与自身能量产生的生动、和谐的运作。

我们感受不到自己身体的范围，它是浩瀚的，如果再把这个巨大的自己，压缩回小小的身体里，我们会窒息。

每个失语者都能随时进入这个空间，成为彼此思维的触角，凭借地与水与火与风，超越物理空间而即时感知对方生命的律动，像妈妈和我的心灵感应一样。当然，我们也可以随时进入左脑意识，重新变回独立个体，在需要时树立起边界，不再与周围世界发生微妙联系。在任何时间、地点，我们都有能力去选择，这一刻我们要成为什么样的人。

安静许久，数千公里外，一个风语者男孩传来一句话：“我们，现在是什么？”

有人回答：“场。”

当我睁开眼，又有风起，细而凉，像梦的柔，像蒙面的羞。一种觉空赤裸的智识如海潮拍打在胸口，心里住着的那只细嗅蔷薇的猛虎，也从无处栖息的虚空，降落在这片觉性大海之上。

各个通感单元最终形成一个场，统一的思维场。

接下来是一场盛宴。无数条思维波在各自信道中穿梭，交流悄无声息，我们一秒之内要同时处理上万条信息。问候、分享、感叹，我们作为联合体，驰骋在星际间的超光速航道上。

有个棕色皮肤的混血少女说：“曾经有位伟大的中国科幻作家把宇宙比作一位瘫痪的病人，而现在，他的一根手指头已经有知觉了！”

几万人对她的观点表示赞同。

“或许有一天,这个病人会痊愈呢。”我说。

“终于,自由了。”阿凯把侧脸留给我,嘴角扬起弧度。

是啊,自由。用彼此的眼睛去看、耳朵去听,用同一个意识去感受,同一种频率产生共鸣,没人想到我们可以这么做。

从前,我们只是路过万物,像一阵风吹过,万物对我们缄默,仿佛有种默契,视我们半是耻辱,半是难以言喻的希望。那个老造物主曾缓缓张嘴,问我们,痛不痛?我们站直了身子,拍着胸脯说,不痛。而现在,我想起一句话——“我与世界相遇,我自与世界相识,我自不辱使命,使我与众生相聚。”

“接下来我们还有很多事要做。”陈以然在风里的语气像极了高维,我想起了她,三十多万失语者都想起了她，我们的心脏同时微微抽搐。

在跳回左脑意识之前，所有人给予彼此祝福——愿你思如大海。

新时代要来了，思维场将我们对自身的理解引入更深的层次，在继续探索之前，我们必须同管理中心做最后一次交涉，以整体的身份。并且，我想送给他们的礼物，也准备好了。

全民公投前夜，我切断了拓维大厦的共享数据库。联合国发布公投声明，秘书长布莱德利的肉脸挤满了这世界上所有的屏幕。在他翻动厚厚的嘴唇之前，视频传输信号瞬间被切断，所有视讯频道、流媒体网络、终端屏幕、个人增强视域全都暗下来。几秒后，画面重新闪动，接着，字母一个个跳动着，伴随着鼓点的节奏。

R、E、V、O、L、U、T、I……

这是我要给井上由美的答案。

联合国会场、纽约时代广场、东京、伦敦、巴黎……人们在街头，在客厅沙发，在喧嚣的酒吧，在前往终点的路上，这些字母一遍又一遍，在他们眼前跃动。

然后，一张脸出现在所有人的视线里，那是三十多万张失语者的脸拼凑在一起，形成了一个每分每秒都在变动的形象，是我们每个人的脸，跟他们慢慢述说。那个声音经由程序精准调校，听上去像一个天使。

后来，他们把今天的话称为《失语者宣言》。

"我们的大脑先于身体长大成人，这场革命源于对自身的进化，而不是依靠反抗或掠夺，这是人类文明有史以来的第一次。我们的失语不是病症，而是一种馈赠，很遗憾，有人误解了这一点。失语节之前，我们对照着去看世界是什么样子，在那之后，整个世界随时都在告诉我们它是什么样子。就是这样简单。

“从自然中习得知识，并与之沟通，是一种古老的本能，地、水、火、风，成为我们的桥梁，这些元素早在亿万年前就存在于宇宙和我们的身体。当我们不能发出声音时，所想和所言之间却渐渐弥合，思维跳脱语言的框架，处于没有界限的浩瀚宇宙中，进化随之产生。

“不得不承认，站在人群面前需要勇气，而勇气感召魔力。勇气最根本的一面是不要假象，同时又对彼此带着无限善意与关怀。你可能会疑惑这如何带来魔力？你眼中的魔力是指可以征服元素，将土变为火，将火变为水，或是可以不受重力的束缚而飞翔。而真正的魔力是真相的魔力，如实，土中之土，水中之水，和元素不断沟通，在某种意义上它们成为自身的一部分。当你发展出勇气，就可以和组成存在的元素特性发生连接。勇气开始提升你的存在，焕发出你周遭和你本身那真实，多么精彩的特质！

“你现在在爱人、父母、孩子身旁，你在想过去和未来，在想如何抓紧拥有的，又如何避免失去。你会失望，因为当代世界的一切都被设计成让我们彼此疏离。所以你忘记了现在，最接近本质的当下。

“从出生到死亡，我们与他人紧紧相连，我们的每个念头都与宇宙息息相关。如果你相信这一点，那是时候做出改变了。这个改变，可以从对我们的称呼开始。”

我们适时地停顿，人们的第一个疑问是：你们是谁？

“超语者。”我们说。

10

交流本该到此结束,但是,我想在此刻打开这份准备已久的礼物。

Om

a ā— i ī— u ū— r ī r ī— l i l ī— eai— oau—

aṃ aṃ

Kakhagaghana cachajajhaña ṭ aṭ haḍ aḍ haṇ a

Tathadadhana paphababhama yar al ava

saṣ asahakṣ a

依然是天使般的声音,所有人都听到了。

这份礼物，是一种语言，我设计已久的语言。一个 Om（嗡）音为开头，曾有毕达哥斯拉主义者认为，Om 音是圆的旋律，吟唱便能从中吸取能量，而在射电望远镜探向宇宙深处时，收到的声音也是 Om 音，天文学家称其为宇宙微波背景，是大爆炸之后持续到现在的回响，它代表着宇宙的起点，进入实相世界的入口。然后，这套语言的主体部分由七个元音字母和辅音字母组成，在此基础上，能发展出一套独立且完整的全息语言系统，这意味着每个单字都能代表全部的语言。

我们使用的地语、水语、火语、风语，在这个系统里应被叫作“超语 A”，而这份礼物则是“超语 B”。或者说，思维本身成了一种语言，而两者互为对方思维的映射。

“超语 B”的发声部位跟地球人类语言都不同，对超语者来说，“超语 B”是让其他人跟我们连接的桥梁,这便是这份礼物的意义所在。他们需要花一些时间练习,我相信爸爸和妈妈一定会很努力,因为,这七个字能打破我们之间所有隔阂。

“超语 B”符合数学理论的“信息论”,也符合齐夫定律的特殊范式。齐夫定律反映了语言在复杂和简单间巧妙的平衡,展示了语言的语法——一种始终如一的组织文字顺序的方式,用简单常见的词——冠词、代词、介词,搭起语言的脚手架,然后用更具体的词汇令之生色。

它还有一样名为“条件概率”的属性,外星生命也可能显示类似的语言模式,以克服宇宙中的干扰,这就是使用它的人可以量化的部分。通过“信息论”的数学方法,可以计算出语言中熵的数量级,一个信号中熵的数量级越高,就意味着这种语言更加智能。

至关重要的一点在于,“超语 B” 能在人的左右脑中产生不同的映射，也就是说，这是一把能随时打开左脑或右脑意识之门的钥匙。当人们能够熟练使用它时，便能超越物理空间，感受到说着同样语言的人的所思、所感，和我们一样。

万物一体。

该结束了。超语者从屏幕消失，所有信号恢复正常。十几秒后，一个选择界面弹出在他们的增强视域里，蓝色和红色的按钮。有人选择让我们离开，有人选择让我们回家，但更多人没有按下按钮，他们认为选择权在我们自己手上。

这是地球上最漫长的一个夜晚。

我们继续忙碌着，意识还在深入。与此同时，我们开始基于逻辑、情感、伦理等要素对未来人类社会进行推演，建立了一门崭新学科——“未来学”。当部分人类成为整体时，科学、哲学、艺术,各类学科研究彼此并入。基础理论也以更快速度发展,而每一项新发现不再需要传播,技能与知识的传承也一样,将沿着脑电波信号伏藏在我们的统一思维场里。随着共情力的提高,很多东西会消亡,比如战争。

大多数超语者提出,我们应该在一起,未来还有很多事要做。

“不如就在那四座小岛吧,那儿靠近大海。”有人说。

“好。”

一种即将归乡的甜美涤荡身心,很快,各地超语者踏上了回家的路。似乎有一个充满魔力的声音,指引我们跨过森林与山脉,路过城市与乡村,就像在说:“来,到银河系的中心来。”

地之岛,水之岛,火之岛,风之岛。

几月后,我们见到了彼此,那是一张张年轻

的面庞,是那幅浩瀚云图,想到他们和我仰望着同一条星河,被同一个太阳照耀,简直让人高兴得落泪。那些我坚信却又令我时常陷入自我怀疑的东西,原来并不虚无,单纯如一个信念,跟妈妈当初相信我会好起来一样。

我见到了陈思尔博士,他和陈以然一样喜欢把手背在身后。“欢迎回家”,第一眼看到我们时,他的笑容像是见到了久违的好友。他还准备了很多故事,在往后的日子里,会慢慢讲给我们听。

有段时间,联合国派出维和舰队驶向南太平洋海域,在四座小岛附近巡视但没有靠近。很久,他们都捕捉不到有价值的信息,因为在舰队来之前，我们在岛上升起了一个坚不可摧的屏障力场,在他们下次以更友善的方式来拜访时,我们才会像对待客人那样,打开灯塔,燃起烟花。

沈夏就在某艘舰上，像一只远离鱼群的游

鲱。

“等你回家。”我卷起一阵海浪。

很快，外面世界出现了第一个使用“超语 B”的人，我仿佛看到未来。就像一百多年前，我们还活在一个经典宇宙里，随后，量子理论的出现，让我们必须适应新宇宙。曾有物理学家构想出复杂的哲学理论来讨论量子纠缠的内涵，这要求把纠缠的离奇性和更实际的相对论时空观统一起来。

悟道中的爱因斯坦从未放弃万有理论。

当越来越多的人学会“超语 B”，原先经典物理学所诠释的世界，现在用量子物理才能解释其一。超语者在继续，思维场开始形成自身对万物的深度理解，意念加速度使人体出现强大的“自我感应效应”，当这种链式反应拓展到一个集群，科技的飞跃进步便成了超语者进化的附属品。

“未来学”推演结果表明，空间站上的强子对撞机很快可以证实，意识可被当作一种物质，像庄严的虚拟粒子云团；更多宇宙飞行器离开太阳系，在虫洞附近逗留时，逃逸速度有望达到光速的 2.5 倍，因为不同维次间量子的相互作用就接近这样的速度；接着，超弦理论将得到证实，高维宇宙曾经坍缩的证据会被探测器捕捉；暗物质的秘密最终会被揭开，意识和宇宙场的连接几乎能呈一种正相干状态……

在这背后，大统一方程式将掀开神秘面纱。

这个老宇宙曾经对人类三缄其口的秘密，很快就要对我们耳语。实际上，在无数规律背后，“超语”只是消磨掉了语言中的“能指”和“所指”，远离二边戏论，越过表达，与万事万物的本质丝丝入扣地对应着。

比如“我爱你”，“我”是“能爱”的本体，“你”是“所爱”的对境。所以，在我们说“我爱你”的时候,实际上,只有“爱”。

爱本身成为一种语言。就像,宇宙的终极,是宇宙本身。

只是爱。只有爱。这就是答案。我们失去语言的答案。

妈妈要来了,她收到我的邀请,终于能用“超语”回应。当我再次见到她,天空中飘着小雨,像是复刻了梦里的场景。她长长的头发被风吹起,有些湿润,我奔向她怀里,身上还是那股超新星爆发的好闻味道。

“见雨,妈妈来晚了。”她还说了很多,即使句法有些生涩。

盐里一定有某种神圣之物,它在我们的眼里,在雨里,也在大海里。

海岛上的星空澄亮、清明,不知从何时,仰望星空和等待日出，成了超语者的仪式。一些时候，我们就那样站着，站在天幕下，宇宙的秘密仿佛伸手可及。

“茫乎天运，窅尔神化。”陈思尔指了指夜空，用“超语”说，“看，那颗恒星。”

不时有一两颗星刺入银河，星尾摇曳着或白或黄的光，整个夜幕都晃动了一下似的，群星也跟着发出动荡的光和热。妈妈在我身边，阿凯在我身后，我们站在小岛的高地，抬起头，海与天失去了彼此的参照，我们仿佛是向下俯瞰星空。

起伏的海浪声像银河哗啦一下满瓶倾泻下来，如妈妈希望的那样，我终于从一滴雨里看到了整个大海。我们闭上眼睛，细细听着光年之外那颗恒星的回音，那浩瀚空灵的声音，跟宇宙一样无远弗届。

11

多年以后,我们在这岛上看过了无数次日出和星空。我们会在这儿建立起全新的超语者文明,继续等待更多人加入这宏大的语言之中。我们不会停止用思维场去连接宇宙和一切,然后耐心等待,等待两束距离数千光年的信号在宇宙中相交。

它们来自宇宙深处,向着更深处而去,而我们的路,又何尝不是如此。当我们向宇宙中遥望得越远,同时也向内心挖掘得更深,当两条分开的探索之路合二为一，我们便拥有了整个世界，一个充满魔力的世界。

岛上刚刚破晓，海潮澎湃如昨。

此时此刻，阿凯紧靠着我，右手搭在我肩上，他望向大海，依然把侧脸留给我。我怀里抱着她，一个漂亮的女婴。日出的光辉在她瞳孔中闪耀着，我轻轻吻上她的额头。

我知道，我们不用再说我爱你。在超语里，没有我，没有你，只有爱。可我还是忍不住翻动那波浪，为她送上一句祝福。她的小手指也微微卷曲，一阵浪潮翻滚而至——

愿你思如大海。

创作谈

我们至死都有少年的反骨

/ 段子期

《失语者》是一篇青少年向的科幻小说，是我完成的第一个4万多字的中篇，为本次出版我又进行了一定程度的增订工作。创作者似乎都会对“第一个”有特别的偏爱，即使它不那么优秀、成熟，甚至会暴露出诸多缺点，但它的确是后来作品的一个参考，就像跋涉完一段路途，需要抬眼望到一个站点。

中篇的叙事方式有别于短篇，短篇只要抓到一个好点子，就只管往前冲，可以想到哪儿就写到哪儿,有充分的自由和尽可能的自我表达。而中篇则需要更加熟练的把握人物、场景、设定要丰富而完整,创意要服务于整体,故事也应具备该有的起承转合,让读者舍得花更长的时间来陪作者走这么长一段路。

《失语者》在最初完稿时,勉强认为是一次满意的尝试,不谈它最后的呈现如何,起码在文字篇幅的跋涉上,增长了一点微薄的经验。

小说故事讲述了全球几十万少年在一次异常的天文现象后,一夜之间失去了语言能力,神秘的失语现象波及范围太广,全球各地陆续成立失语者管理中心,包括主角在内的少年们住进了当地的特殊学校。很快,少女苏见雨领衔的主角团发现自己拥有了与水沟通的能力,与此同时,所有失语者的智力在不断增长,不同失语者还能分别利用自然界的四种元素——地、水、火、风进行沟通。而他们也渐渐联合起来，在与质疑和压迫的对抗中，继续觉醒。最后，主角团在揭开了妄图利用他们的阴谋者的邪恶计划后，约定一起逃离，并陆续召唤全球各地的失语者，渴望在远离大陆的四个小岛上，建立起全新的“超语者文明”。

《失语者》的开头便是一个生长于单亲家庭的高中女生，经历了神秘的失语事件，成为“被选中的人”。这个无妄之灾降临后，她从一个健全的人变成一个看似“残缺”的人，首先必须面对生活的变迁和心理上的重建，接着是反复的检查和治疗，却得不到任何有用的反馈，几乎陷入绝望。唯一能带来一丝安慰的是，她不是一个人在经历这些，她能从其他同类身上获得遥远的力量。

也许受到《X战警》的影响，我从小就对少年超能者这类题材非常感兴趣，看着电影中的他们各种上天入地，凭借着自己的能力摆脱庸俗的生活，去惹上麻烦，去拯救世界，我羡慕不已。每天都幻想着自己在平常的某天突然潜能爆发，开启了某种特异功能，会隐形、会飞天、会隔空移物、会读心术或者武功暴增、成为大侠，拯救众人于危难之后拂袖离去，留下一个酷飒的背影。然而在现实中，我只是一个在人前都不敢大声说话的瘦弱女生。

童年的幻想没能成真，只能付诸小说。

在此前的作品中，我很少以女性为主角。总结下来其实是笔力和阅历不够，我以为要塑造一个立体丰富的女性形象非常难，要有独到的视角、精准的文字，给她一个独特的背景，给她内在和外在的矛盾、自我与自我之间的冲突，令她鲜活起来只是第一步。整个故事想借以这个角色承载怎样的价值观，她的成长蜕变与时代环境之间相互作用的象征意义，或者只是宣告有这么一个人物的存在即可。都不容易。

女主角苏见雨可以说是少年团的领军人物，除了“天选之子”这一层面，她体内自带的“反骨”也许依然会将她引至舞台中心。从一开始被送到特殊学校，她是第一批能力觉醒并认识到其中暗藏着进化秘密的人。她每天要完成无聊的各类课程和测试，学校的老师和负责人并不知道，教给他们的东西只是低维知识，对于正在“大脑升级”的他们来说，这无疑是形式化的无用之功或是不自知的愚化之策。她和几位同学偷偷保持沟通、理性分析，试图找出失语现象的某种规律，他们想要与外界联系，获取更多暂时不被告知的真相。之后，学校发生了一次意外事故，她趁机逃跑。

如果剥离了反骨，成为听话的学生会怎样？

会配合学校做无休无止的身体实验，被抹去天分，重新做回一个正常人？被各个权力机构当作筹码，成为各路人士斗争中的牺牲品？还是干脆彻底黑化，自我扭曲接着滑向深渊？

在这个世界找到自身的一席之地，是她的课题。离开学校，只是第一步。外面的世界是未知而充满危险的，路途中她遇到过给予他们帮助的人、启发他们觉醒的人、也有想抓获他们的人。她作为小群体的精神领袖，一直将“失语者”群体视为一个整体，在整体中寻找到自我存在的价值，并将大家的智慧、能力、勇气发挥到最大，以此面对外界的无序混乱，建立起秩序，寻找到一种属于自己的平衡与自由。

最后，她才敢对世界宣布：我们不是失语者，我们的名字叫作超语者。

是什么造就了她的反骨？其实很简单，就是

对自我身份的认同，当然这也有一个过程，分为不同的层次，从迷茫、怀疑、不确定，到接纳、相信、以此为豪，再到悲悯、超越。

正如从“失语者”到“超语者”，这是她和她代表的群体的集体蜕变，是最终信念感的确立，甚至是一个文明的开端。

当然这样一个不成熟的科幻故事，想要够到尼采的“超人哲学”，实属作者的天真妄想。写到这里，也请读者原谅我的解释大于故事，原谅我理想中的小说呈现与这篇作品间的巨大差异。

好了，其余想说的都在小说里。就用《失语者》的最后一句话作为结尾——愿你思如大海。

评论

从失语者到超语者

/ 萧星寒

以奇观作为开头来吸引读者，是科幻小说常用的方式。段子期所著的《失语者》有一个非常经典的开头，“带着彩虹般色彩的光束”在各个大陆“从空中垂直落下”，异常天象之后，三十多万人失去了说话的能力，被称作“失语者”。此后，作者并没有“用后即弃”，转入庸常，而是不断花样翻新，对用水说话、元素大战、颅内学习、人脑云端、超语者互联网等种种奇观，进行细致入微地描写，将使读者始终保持了阅读的兴趣。

显然,说话或者语言,是人际交往与社会生活中最为重要的能力。作为社会化的群居动物,人需要用语言来彼此沟通。失去说话能力,对任何人都是一场巨大的灾难。现在有三十多万人,同时成为“失语者”。那异常的天象,对别人来说是奇观,对他们来说,那是苦难的源泉。而苦难,不管是天灾还是人祸,永远不值得描写,更不值得歌颂。值得描写与歌颂的,永远是面对苦难时,世人所表现出来的坚韧、顽强与永不服输的精神。

本文的主角苏见雨,天象异常的那一天,正好是她17岁的生日,而且,她5岁才第一次开口说话,现有的语言能力,是她千辛万苦训练的结果,所以这苦难对她而言,苦涩的程度要乘上数十倍。“我花了不少时间接受自己的突然残缺,却无法接受这份礼物没有署名。”这话说得轻描淡写,内里隐藏的却是无法言说的痛,以及一探究竟的好奇之心。

各国政府成立“失语者研究管理中心”,将失语者集中在一起管理和研究。这实际上是把失语者隔绝在社会之外,把他们当成某种避之不及的病患与异端来看待。

然后苏见雨和她的失语者朋友在痛苦中重新认识了自己,悦纳自己,旋即纷纷发现,“失去语言不是一种残缺,而是得到的开始”。语言塑造了我们的思维方式,但也限制了我们的思维方式,使我们只能以一种古老而陈旧的方式认识自我与这个世界。当失语者失去了说话能力之后,大脑神经元的链接以极为高效的方式重新调整,他们重新认识了这个世界,学会了用水说话:“水分子间不同的振动频率传递着不同波段的信息,经由我们的神经元将信息传递至皮肤的外激素,再由空气将这段加上密钥的信息以波的形式传回水分子中。”

突破了语言的桎梏与藩篱，失语者成了水语者，然后他们之中又有人学会了用土地、火焰和风作为媒介来传递消息，土语者、火语者还有风语者相继出现。有趣的是，使用不同媒介说话的失语者彼此不能交流，各自隔绝成了孤岛，而主角苏见雨则是罕见的能同时使用地火水风说话的人，由此她成为连接各个孤岛的桥梁。于是，在官方机构的重重监视之下，失语者们得以结成一个秘密的团体。

地、火、水、风，源自古希腊亚里士多德的四元素说，被作者信手拈来，纳入自己的小说体系，并进一步拓展与延伸。

当失语者们学会了用地、火、水、风说话之后，他们拥有了超强的学习能力，不但“组成了一个用模拟点阵输入二进制语言的计算机方程组，在相同时间内，比普通语言交流的效率要高出好几个数量级”，而且“如果每个人都作为一个坐标点，将共享来的知识，再共享给其他人，然后每个人再继续这样共享，用数学方程来演算，不超过七次，我们就能获得所有同类失语者的知识”。与此同时，他们中的优秀者，又学会了仅仅用脑力就能操控这些地、火、水、风元素，保护自己，攻击敌人。换而言之，失语者在这个时候已经拥有了非比寻常的超能力，变成了超人般的存在。

一两个超人已经足以改变世界，在《失语者》里，出现在地球上的，是三十万超人，那对这个世界的影响之大，就可想而知。

而且，这三十万超人全是21岁以下的年轻人。

年轻人是什么意思呢？血气方刚，不受控制，荷尔蒙爆棚，做起事情来我行我素，叛逆不羁，对自我和世界还有未来的认知，通通有别于父母一辈。从这个年龄的限定来讲,段子期所讲的失语者的故事,也是每一个进入青春期的少年的故事。

面对失语者,普通人疏远、排斥、莫名其妙地仇恨。而精英们明显分成两派:一派以井上由美为代表,是控制派,他们花大力气研究失语者,想要控制住失语者,把失语者的超能力变成他们的新式武器,从而实现他们的世俗目标;另一派以高维和陈思尔为代表的保护派,他们也研究失语者,但目的是保护他们,因为他们认为失语者,不是残疾,不是异类,不是病患,只是拥有非比寻常的能力的人,而且失语者身上潜藏着人类的未来。

三十万失语者也出现了分化,有甘心沦为控制派打手的沈夏,有只想关起门过自己的小日子的邓廷凯,也有一心想要为失语者谋独立的陈以然,但最为关键的有追求族群沟通的女主角苏见雨。

本文有非常精彩的超能力大战,但这只是停

留在表层的奇观。苏见雨用了更多的时间来反复思考:“更深层次的发现来自哪里？在这个世界上,我们应该怎样表达自己?进化会有终点吗?还有,礼物来自何方？”然后,经过一系列变故,苏见雨借助“高维基站”,将遍及全球的30万失语者链接成一个无边无际的数字空间。

作者段子期写道:“每个失语者都能随时进入这个空间,成为彼此思维的触角,凭借地与水与火与风,超越物理空间而即时感知对方生命的律动,像妈妈和我的心灵感应一样。当然,我们也可以随时进入左脑意识，重新变回独立个体,在需要时树立起边界,不再与周围世界发生微妙联系。在任何时间、地点,我们都有能力去选择,这一刻我们要成为什么样的人。”

这是一个极其精彩的科幻设定。融入集体意识就会失去自我意识,很多科幻作品表现了对集体意识的恐惧,而保持自我意识就难以融入集体意识,作为群居动物,又不可能没有集体意识。段子期用左脑和右脑的间隔，加上个体的选择,巧妙地化解了集体意识与自我意识之间的矛盾,可以说干得漂亮。

失语者由此变成超语者。

事情还没有完,同时也是本文最值得称道的地方,就是段子期没有停留在描写失语者如何在普通人的恶意中寻求独立,将普通人与失语者两大族群无情且无端地对立起来,而是在用“超语A”将失语者链接成一个整体后,更进一步,发明了“超语B”来寻求普通人与失语者之间的沟通与和解。

在《失语者》的开头,段子期引用了纪伯伦在《沙与沫》中的名言:“除非我们把语言减少到七个字,我们将永不会互相了解。”刚刚读到这句话时会莫名其妙,但“超语B”横空出世时,读者会有醍醐灌顶之感。超语B就是纪伯伦那句话的实体化,苏见雨为普通人发明了一套新的语言,“这套语言的主体部分由七个元音字母和辅音字母组成,在此基础上,能发展出一套独立且完整的全息语言系统,这意味着每个单字都能代表全部的语言。”

“超语A”指的是地语、水语、火语、风语,超语者内部使用;而“超语B”则是普通人与超语者连接的桥梁,只要普通人花一些时间练习,“这七个字能打破我们之间所有隔阂”,“当人们能够熟练使用它时,便能超越物理空间,感受到说着同样语言的人的所思、所感”,全新的超语者文明将在地球上出现、崛起,以至于在宇宙文明中有一席之地。

倘若只有“超语A”,那三十万超语者也只是一个大号的孤岛，而有了“超语B”，则使七十五亿地球人跨过种族、国家、性别、肤色、语言等鸿沟，演进为超语者文明成为可能。事实上，从失语者到水语者到风语者再到超语者再到超语者文明，段子期自始至终都在讲“沟通”，讲沟通的失去与重新获得，反复强调沟通对于个体与群体的重要性，这使得《失语者》超越了那些单纯描写超能力大战的作品而进入新的层级，让读者在科学幻想之上，思考更多，收获更多。

段子期的文笔非常优美，这是一种非比寻常的天赋。全文用诗一样的语句写成，像“妈妈紧紧抱住我，她身上有一股超新星爆发之后残余星尘的味道，我大口呼吸，像是要把整个银河系吸入肺里”这样精妙的比喻与细腻的描写遍布其中。同时，剧情又没有受到语句的拖累，变得拖沓冗长。相反，《失语者》的剧情一变再变，且层层递进,并加以各种新奇的科幻设定,为读者呈现出一幅新颖、真实又浩荡的未来画卷。

在此之前,段子期已经获得过百花文学奖·科幻文学奖、全球华语科幻星云奖·最佳新人奖等诸多奖项。《失语者》是她的最新首部单行本力作。她还年轻,又能写,又肯写,我们理应对她期待更多。

手账

来源于日本，标准写法为『手帐』（手帐 てちょう），指用于记事的书页